世界大作家儿童文学文库

不关我事

〔俄罗斯〕马明－西比利亚克 著

黄衣青 译

人民文学出版社 天天出版社

图书在版编目（CIP）数据

不关我事 / （俄罗斯）马明 - 西比利亚克著；黄衣青
译 . -- 北京：天天出版社，2024. 7. -- （世界大作家
儿童文学文库）. -- ISBN 978-7-5016-2282-5

Ⅰ . I512.88

中国国家版本馆 CIP 数据核字第 2024PC9327 号

责任编辑：董　蕾　　　　　　　　**美术编辑：**丁　妮
责任印制：康远超　张　璞

出版发行：天天出版社有限责任公司
地址：北京市东城区东中街 42 号　　　　**邮编：**100027
市场部：010-64169902　　　　　**传真：**010-64169902
网址：http://www.tiantianpublishing.com
邮箱：tiantiancbs@163.com

印刷：北京鑫益晖印刷有限公司　　　**经销：**全国新华书店等
开本：880×1230　1/32　　　　　　　　　**印张：**5.375
版次：2024 年 7 月北京第 1 版　**印次：**2024 年 7 月第 1 次印刷
字数：80 千字

书号：978-7-5016-2282-5　　　　　　　　**定价：**32.00 元

目　录

小天鹅

1

夏天是多雨的，在这样的天气，特别是前面有一个可以烘干衣服和取暖的地方时，我很喜欢到森林里去走走。还有——夏天的雨是暖和的。这样的天气在城市里是一片泥泞；但在森林里，土地贪婪地吸取了湿气，因此你简直像是在稍微有点儿润湿的，由去年脱落和掉散下来的松树和枞树的针叶铺成的地毯上行走一样。树上盖满了雨滴，只要动一动，雨滴就会洒落到你的身上。

当雨后的太阳照射下来，森林发出鲜艳的绿色，闪烁着金刚石一样的火花。好像节日一般的快乐气氛围绕在你周围，使你觉得在这样的一个节日里，自己正是人家所盼望的亲切的客人。

正是在这样一个多雨的日子里，我走近了光明湖，走到了熟悉的渔场看守人塔拉斯那里。雨点已经变得稀疏了。在天空的另一面，出现了青的天，只要再过一会儿，就会出现炎热的夏天的太阳了。

林间小道忽然转了个急弯，我就到了一个陡峻的山岬上，它好像一条阔的舌头在湖里出现。实际上，这里不是真正的湖，而是夹在两湖中间的一条宽阔的水道，渔场就在水湾边低低的岸上，在那水湾里停靠着许多渔船。夹在两湖中间的水道是由长着许多树木的大岛屿形成的，这些岛屿像一顶顶绿色的帽子，散在渔场对面。

　　当我在山岬上出现时，塔拉斯的狗就吠叫起来。它看见生人总是叫出特别的声音来。尖锐而断断续续的叫声好像生气地问："来的是谁？"

　　我喜欢这种单纯的小狗，因为它们非常聪明，并且忠于职责。

向远处望去，渔仓好像一只船底朝天的大船——弯的木头旧屋顶，上面生长着蓬勃的绿草。小屋的周围，生长着繁茂的狭叶柳叶菜、鼠尾草和熊耳草，因此走近小房子的人，从远处看去只能露出一个头。这样稠密的草只生长在湖岸旁，因为这里土地肥沃，湿气充分。

当我快要走近小屋的时候，草丛里一骨碌蹿出了一条花狗，朝着我拼命吠叫。

"小黑貂，别叫了……你不认得我了吗？"

小黑貂踌躇着停下来，可是很明显，它还不相信我是个旧相识。它警惕地向我走近，嗅着我的猎人长靴，经过这一番礼节以后，抱歉地摆动着它的尾巴，仿佛在说："对不起，我搞错了，不过，我总要这么看守这屋的呀。"

小屋里没有人，主人不在，他大概到棚边上查看渔具去了。

小屋周围的一切都说明这里是有人住的：淡淡地冒着烟的火焰、一捆才斫下来的木柴、晾在柱子上的渔网和嵌在树桩上的斧头。

在渔场半开着的门里，能够看见塔拉斯家的所有家具：猎枪挂在墙上，土坑旁边有几个坛子，长凳下面有一只箱子，张挂着的各种渔具。小屋相当宽敞，当冬天捕鱼的时候，全体捕鱼的工人都可以住在里面。

夏天，老头儿孤单地住着。不管什么天气，每天他都烧着很热的俄国炉子，睡在吊床上。他是这么爱暖和，这说明塔拉斯已经达到了可敬的年纪了：他大概九十岁了。我说"大概"，是因为塔拉斯自己也忘记他什么时候生的，"还在法国人以前呢"，他这样说，意思是指在1812年，法国人入侵俄国以前那时候生的。

脱去潮湿的短上衣，把猎枪挂在墙上后，我就开始拨旺炉火。小黑貂挨近我转悠着，它预感到有某些好处。小火焰快活地燃烧着，向上冒出一缕缕青色的烟。

雨已经停了。天空中浮游起支离破碎的云，掉下些稀疏的雨滴，有些地方现出了青的天。后来就出现了太阳。在炎热的七月的太阳的照耀下，潮湿的草好像在冒烟。

湖水是静悄悄的，只有在雨后才能够这样平静，远处传来新鲜的鼠尾草和附近松林里松脂的芬芳气息。一切都很美好，只有在深幽的森林的角落里，才会这样美好！

右边，在那水道的尽头，平静如镜的光明湖在发绿，湖后是许多高山。多么美妙的角落！难怪塔拉斯老头儿在这儿住了整整四十年。在城市里，他不会住上像在这里的一半时光的。因为在城市里无论花多少钱，也无法买到这样新鲜的空气，特别是笼罩在这里的"幽静"的气氛。

渔场真好呀！

熊熊的火快活地燃烧着，炽热的太阳晒得更厉害了。望着这灿烂发光的湖的远处，把人的眼睛都刺痛

了。要是坐下来的话，真舍不得跟这奇妙的自由自在的森林分手。关于城市的念头，像噩梦一样在脑子里突然出现。

为了等候老头儿，我把一只行军用的铜茶壶吊在长棍子上，放在火上。水已经沸腾了，可是老头儿还没有回来。

"他上哪儿去了呢？"我出神地想道，"检查打鱼工具，那是早晨的事情，而现在已经是中午了……也许他去查看一下有没有不打招呼就捕鱼的人吧？小黑貂，你的主人躲到哪里去了？"

这条聪明的小狗只是摆动着毛茸茸的尾巴，咂咂嘴巴，不耐烦地尖叫起来。外表看来，小黑貂是属于所谓"猎狗"的类型：身子不很高大，有尖长的嘴脸，

耸起的耳朵和向上弯曲的尾巴。它有些像普通的看家狗，但看家狗在森林里找不到松鼠，不会咬野鸡，不会追踪麋鹿。总之，它是道地的猎狗，是人们最好的朋友。只有在森林里观察这样的狗，才能够充分估计它的价值。

当这个"人们最好的朋友"快乐地尖叫起来时，我知道它看见自己的主人了。一点也不错，在水道上像黑点一样出现了一只渔船，这只船正在绕着各个岛屿驶来。那就是塔拉斯……他站着划船，用一把桨巧妙地划着——真正的渔夫都是在他们的独木船上这样航行的。当他航近时，我惊讶地看到船的前面游着一

只天鹅。

"回家去，好游荡的家伙！"老头儿赶着那美丽的浮鸟说，"回家去，回家去……看我还会让你随便游到什么地方去吗？……回家去，好游荡的家伙！"

天鹅巧妙地游近渔场，走上了岸，抖了抖身子，然后困难地摇摆着它弯曲的黑脚，向小屋子走去。

2

塔拉斯老头儿是一个高个子，有着满腮的白胡须和一对严肃的灰色大眼睛。整个夏天他都是赤脚的，也不戴帽子。令人惊异的是他的牙齿十分完整，头发也没有脱落。晒黑了的宽阔的脸上刻着深深的皱纹。在天热的时候他只穿一件农家青麻布做的衬衫。

"你好，塔拉斯！"

"你好，先生！"

"从哪儿来的？"

"我划船去找'养子'——天鹅了……起先它老是在水道里回转，后来忽然不见了。于是我马上去找它。走到湖里——找不到，在几个湖湾里划了一圈，也找不到——它在岛屿那边游着哩。"

"这只天鹅你是从哪儿弄到的？"

"是顺手捡来的！东家老爷们的猎户都到这儿来，他们打死了许多大天鹅和小天鹅，但是这一只却活下来了。它躲进芦苇，蹲在那里。飞又不能够飞，就那么躲着。我，当然了，对着芦苇下了网，于是就捉住了它。它孤独一只是活不了的，老鹰会把它吃掉。它成了孤儿了，我就把它带来，养活它。它也习惯了……现在我们住在一起快一个月了，早上天一亮它就起来，在水道里游一阵，找些东西吃，然后回家来。它知道我是什么时候起来的，就等着我喂它东西吃。总而言之，它是一只聪明的鸟，它懂得它自己的生活程序。"

老头儿十分亲切地谈着，好像在谈论自己的亲人一样。天鹅蹒跚地走近小屋，显然是在等待着有什么东西给它吃。

"它会从你这儿飞走的，老伯伯。"我说。

"它为什么要飞走呢？这里多好……吃得饱饱的，周围又是一片水……"

"冬天呢？"

"跟我一起在小屋里过冬。地方够住，我和小黑貂也更快乐些。有一次，有个猎人经过我们渔场，看见了天鹅，也这么说过：'如果不把翅膀剪掉，它会飞走的。'可是怎么能把鸟儿弄成残废呢？让它听天由命吧，人有人命，鸟有鸟命……我真不明白，老爷们为什么要打天鹅，又不能吃，这样真有点胡闹……"

天鹅好像懂得老头儿的话，用它灵活的眼睛望着老头儿。

"它跟小黑貂怎么样？"我问。

"开始的时候有些害怕，后来就习惯了。有一次，天鹅竟抢了小黑貂的一块食物。狗对它吠着，天鹅就用翅膀打它。在旁边看着它们才好笑呢！有的时候它们一起出去玩耍，天鹅在水里，小黑貂在岸上。狗也想跟在天鹅后头游泳，可是技术不行，差点儿淹死。但是，当天鹅游开去的时候，小黑貂就去找它。小黑貂坐在岸上喊叫……我这狗要是没了它这位心爱的朋友，可就苦闷得很哪。我们三个就是这样在一块儿过活的。"

我很喜欢这位聪明的好老头儿。他很会讲故事，并且懂得许多事情。在许多个夏天的晚上，我在渔场过夜时，每次都能听到一些新闻。塔拉斯从前是个猎人，他很熟悉周围五十公里以内的地方，熟悉树林里各种鸟和野兽的性格。现在他不能够到很远的地方去了，所以只懂得他的鱼了。

划船比带枪在树林里走，特别是比在山里走要容易得多。现在，塔拉斯那支猎枪放在那里只是留作纪念，或者是有狼来的时候以防万一用的。冬天的时候，狼窥伺着渔场，并且老早已经对小黑貂磨牙齿了。只因为小黑貂很机警，所以没有吃狼的亏。

我在渔场里停留了一整天。晚上我们去钓鱼，夜里张挂了网。光明湖真美，这湖叫作"光明"不是没有理由的：湖里的水完全是透明的，因此船在航行的时候，能够看见几丈深的湖底；看得见斑色的芦苇、黄色的河沙、水草和成群结队地游来游去的鱼。

像这种山里的湖在乌拉尔总有千百个，它们都以非凡的秀丽出名。

光明湖和其他那些湖不同的地方，是一面靠山，其他几面都衔接着草原，那儿是幸福的巴什基利亚的起点。围绕着光明湖的是些最自由自在的地方，有一条奔腾的大河从那里流出来，灌溉了整整一千公里的平原。

湖的长度有二十公里，阔大约有十公里，有些地方，湖的深度达到十五六丈。满是树木的岛屿给湖带来了特别美丽的景致。有一个远远处在湖中央的岛屿，叫作"饿岛"，因为当渔夫们碰到坏天气而来到这个岛上时，每一次都要饿上好几天肚子。

塔拉斯在光明湖已经住了四十年了。以前他有过自己的家和房子，可是现在他过着孤苦的生活。孩子们都不在了，妻子也去世了，塔拉斯就年复一年、寸步不离地留在光明湖了。

"你不感到沉闷吗，老伯伯？"当我们捕鱼回来时我问，"一个人在森林里是乏味的。"

"一个人？人家也都这么说……我在这里像王公一样生活着呢。这里有各种各样的鸟，也有鱼，也有草。当然，它们不会讲话，但我却了解它们。有时看看宇宙间的万物，心里就快活起来……任何东西都有它们自己的秩序和智慧。你以为鱼在水里游，或者鸟在树林里飞，是没有意思的吗？不，它们的忧虑并不比我们少……瞧吧，那天鹅在等候着我和小黑貂呢。嘿，调皮鬼……"

老头儿十分满意自己的养子，一切的谈话归根结底还是引到它身上来了。

"真是高傲的、帝皇般高贵的鸟啊！"他说，"用饵去招它，如果不给它，下次它就不来了。虽然它是一只鸟，可是也有自己的性格……它对小黑貂也保持自己的尊严，对它稍微差一点，就会立即用翅膀，或者用嘴去啄小黑貂。你要知道，有一次狗想跟它开玩笑，准备用牙齿咬住它的尾巴，结果它扇了狗一翅膀。这就是说，咬尾巴也不是儿戏的事。"

我歇了一夜，第二天早上准备上路了。

"秋天再来吧，"分别时，老头儿说，"那个时候，我们可以用篝火和鱼叉来捕鱼。我们还要猎松鸡，秋天的松鸡，是很肥的。"

"好的，老伯伯，无论如何我都会来的。"

当我离开的时候，老头儿又把我喊了回来："瞧吧！先生，那天鹅跟小黑貂是怎样在玩着呢……"

真的，这是一幅值得欣赏的奇妙图画。天鹅张开翅膀站着，小黑貂一面尖叫着，一面在攻击它。聪明的天鹅像鹅那样伸长了脖子，对着狗低声怒喝。老塔拉斯望着这幕情景，像小孩子一样，从心底发出微笑。

3

我第二次到光明湖是在深秋的时候。已经下过初雪，森林还是很美。有些白桦树上还留着黄叶，枞树和松树比夏天更绿了。秋天的枯草从雪下面像黄色的刷子一般伸出头来。死一般的寂静笼罩着四周，好像大自然被夏天沸腾的工作弄得精疲力尽，现在正在休息。光明湖显得更大了，因为沿岸的花草树木都没有了。清澈的湖水昏暗起来，秋天的急浪哗哗地打着湖岸。

塔拉斯的小屋还在原来的地方，但显得高了些，因为那些围着房子的高茎草没有了。跳出来迎接我的仍旧是那只小黑貂。现在它认得我了，所以远远地就对我亲热地摇尾巴。塔拉斯在家里，在修理冬天用的捕鱼网。

"你好呀，老伯伯！"

"你好呀，先生！"

"唔，生活过得怎么样？"

"还好……下初雪的时候害过小病，脚痛……天气不好的时候常常这样。"

的确，老头儿带着一副疲劳的神气，显得这样的老态龙钟和可怜。可是，看样子，他这情形不像是由于生病。喝茶的时候，我们谈了起来，老头儿谈出了他的苦处。

"先生，你还记得天鹅吗？"

"养子吗？"

"就是啊……唉，真是一只好鸟！现在又落得我跟小黑貂两个过日子了……是啊,养子不在了……"

"被猎人打死的吗?"

"不,它自己走的……先生,这对我来讲是委屈的……难道我没有很好地照顾它、养育它吗?我亲手喂它……它一听见我的声音就来了。它在湖里游泳的时候,我一喊它它就游回来。多么聪明的鸟。一切都习惯了……是,就在下霜的那天出了事情。有一大群天鹅飞来,降落在光明湖上。它们休息、找食吃、游水,我欣赏着它们。让它们休息一下吧,它们飞往的地方很远呢……喂,这一来就出了事情啦,我的那个养子起初不跟别的天鹅结伴,游近它们一下就回来了。那些天鹅用它们的话聒噪着、呼喊它,它却走回家来……它好像在说:我有我自己的家。它们就这么过了两三天,可见一切都是用它们的鸟话谈妥当了的。后来,我看见我的养子愁闷起来了……那种愁闷完全像人一样。它走到岸上,用一只脚站着,开始呼喊。要知道它喊得多么悲惨呀……把我也搞得愁闷起来了,而小黑貂呢,那个笨家伙像狼一样吠着。当然,这只爱自由的鸟,血液是……"

老头儿不作声了，沉重地叹了一口气。

"然后怎么样呢，老伯伯？"

"唉，别问了……我把它关在小屋里一整天，它就在那里吵个不停。用一只脚支住身体，紧靠着门站着，如果不把它从那儿赶走的话它会一直站下去。就像在说着人的话：'放了我吧！老伯伯，放我到我的同伴那儿去吧。它们都要飞到暖和的地方去，为什么我要在这里同你们一起过冬呢？'我想，你有什么幸运呢！放了它吧！它就跟在它们后面飞走，不知去向了……"

"为什么不知去向了呢？"

"那怎么办呢？它们是在自由中长大的，你想它们是怎么样的？父母起先带它们在水里游，后来就教它们飞。按照次序教练：越飞越远，越飞越远。我亲眼看见它们是怎样教小天鹅飞行的。开始时是个别地教授，后来是大群地来，再后来就联合成一大群，像练兵一样……我的养子是独自长大的，请你想想看，它哪儿都没有飞过。在湖里游——这就是它的全副本领了。当它需要飞行几千公里时，它怎么能够坚持下来呢？当力气用尽了，就会脱离天鹅群而不知去向的。它是不习惯远道飞行的。"

老头儿又不作声了。

"可是只能放它走呀。"老头儿悲哀地说，"我想，假如硬拉它在这里过冬，它一定要发闷和生病的。这是一种很特殊的鸟。于是我就这样放它走了。我的养子就飞到鸟群里去，跟它们游了一天，晚上又回到家里来，就这样游了两天。虽说是一只鸟，它也一样会感觉到离开家的难过。先生，它是游回来告别的……最后一次，它离开岸游了约莫二十丈远，停了下来。接着，它就用它的话叫喊了，好像说：'老伯伯，谢谢你的款待！'就这么一转眼不见了。又剩下孤零零的我和小黑貂了。起先，我们十分苦闷，我问

小黑貂：'小黑貂，我的养子呢？'小黑貂马上吠叫，可见它也悲哀呢。它马上跑到岸边，到处去寻找它亲密的朋友……我整个晚上都在做梦，梦见我的养子就在这里，它正靠岸游着，拍着翅膀。我走出去看时，什么也没有……先生，就是这么一回事。"

灰脖鸭

1

初秋的寒冷气候，使小草发黄了，使所有的鸟儿都十分不安。大家开始准备作长途飞行，都带着严肃忧虑的神色。对啦！飞越几千公里的距离，是不容易的事啊……多少可怜的鸟儿将在途中没有了气力，多少小鸟会在意外的灾祸中送命——总之，这事情值得好好考虑一下。

稳重的大鸟，像天鹅、野鹅、野鸭，认识到当前事业中会碰到的一切困难，带着认真的态度准备旅行。可是有些小型鸟，像沙鹬、红领鹬、黑襟鸻、梅花雀和最美雎鸠，他们最吵闹、最慌忙，乱飞乱窜。他们早就成群结队，从这岸搬到那岸，在沙滩和沼地上飞得那么快，就像是有人撒下了一把豌豆似的。那么小的鸟，做那么不容易的工作……

树林黑黝黝的，树木沉默地耸立着，因为主要的歌手等不到天冷就全都飞走了。

"这些小东西忙着到哪里去呀！"老公鸭喊着，他不喜欢自寻烦恼的，"到时候，大家都会飞走……我不懂，这有什么好着急的。"

"你是个懒家伙，所以一看到人家忙碌就不开心。"他的妻子老母鸭对他说。

"我是个懒家伙吗？你对我简直太不公平了！再没有别的了。也许我比所有的鸟儿更关心这件事，不过我没有表现在脸上罢了！如果像他们那样，从早到晚，在岸上跑来跑去，叫着、嚷着，妨碍人家，真让人家讨厌，这是得不到好处的。"

老母鸭对丈夫本来就不太满意，现

在她生气了……

"你瞧瞧人家吧，懒家伙！瞧瞧我们的邻居野鹅或者天鹅，看着心里就痛快。他们和睦地生活……看样子天鹅、野鹅不会抛弃自己的家，总是最先照顾自己的孩子。是的，是的！你老是不管小孩子们的事，你只想着自己，你只想着自己吃饱。总而言之，你就是个懒虫！看着你就让人讨厌！"

"别啰唆了，老太婆！你要知道，我一点也没提你的讨厌性格。各人有各人的缺点……野鹅是笨鸟，所以他们只知道照顾自己的小鸟。这不是我的错。我的态度向来是不干涉别人的事，为什么要管闲事呢？让各人照自己的办法生活好啦……"

老公鸭喜欢严肃地判断事情，而且好像总以为自己永远是对的，永远是聪明的，也永远比大家好。老母鸭对于这一点早就习惯了，但是现在却完全为另外的一件事情烦恼着。

"你是个怎样的父亲呀！"老母鸭顶撞着丈夫说，"做父亲的总要照顾自己的孩子，你呢，简直漠不关心！"

"你说的是灰脖鸭吗？她不能飞，我有什么办法呢？这并不是我的过失呀……"

他们管自己残废的女儿叫灰脖鸭。早在春天的时候，有一只狐狸悄悄跑到他们的窝里，抓住了女儿灰脖鸭。老母鸭勇敢地扑向敌人，把这只小鸭子抢救回来，可是她的一只翅膀已经被咬断了。

"我们怎么能把灰脖鸭独个儿扔在这里，这件事想起来就可怕。"老母鸭流着眼泪说，"大家飞走，她独个儿孤单单地留在这儿！是的，是十分孤单的……我们向南飞到温暖的地方去，可是她这可怜的孩子却要冻死在这里……她是我们的女儿，我是多么爱她，爱我的灰脖鸭呀！老头儿，我告诉你，我就留下来和她一块儿在这里过冬啦！……"

"那别的孩子们呢？"

"他们都是健康的，没有我也行。"

每次谈到灰脖鸭，老公鸭总是想法把话头打断。当然，他也爱灰脖鸭，可是为什么要自寻烦恼呢？嗯，留下，嗯，她会冻死的，可怜当然是可怜，但是也没有别的办法啦。况且，也得想想其他孩子。妻子心里老是焦急，可是总得认真地对待这件事情呀。

老公鸭心里可怜他的妻子，可是他没有完全了解母性的悲哀。如果那时候狐狸吃掉了灰脖鸭，也许更好些。要知道，在冬天她总是要死的。

<h1 style="text-align:center">2</h1>

因为快要分别了，老母鸭对残废的女儿就加倍温柔。可怜的小东西还不知道什么是孤独和别离。她怀着好奇的心注视着在收拾上路的其他小鸟。当然啦，她羡慕她的兄弟姊妹，他们多快乐地准备着飞行呀，他们要飞到很远的没有冬天的地方去了。

"春天你们回来吗？"灰脖鸭问她的妈妈。

"对，对啦！回来，亲爱的……我们会重新在一

块儿生活的。"

为了安慰开始想
心事的灰脖鸭，母亲把几件野鸭们曾经留下来过冬的
事情讲给她听。这些鸭子有两对是老母鸭认识的。

"亲爱的，日子总有办法过的。"老母鸭安慰她，
"开头你会感到寂寞，往后就会慢慢地习惯了。如果
可以把你搬到冬天不会结冻的温泉去，该多么好呢!
温泉离这里不远……不过，说这些空话有什么用? 我
们反正不能把你搬到那儿去。"

"我会常常想念你们的……"可怜的灰脖鸭反复地
说，"我会常常这么想：你们在什么地方? 做什么事?
快活不快活? 一切就跟我和你们在一块儿时一样。"

老母鸭费了很大的劲，使自己不露出悲哀绝望
的神情。她极力装出快乐的样子，但她却在偷偷地哭

泣……唉！多么可怜又弱小的灰脖鸭呀……老母鸭现在几乎不把其他孩子放在心上了，她甚至于觉得自己不爱其他小鸭子了。

时间过得多快！已经过了好多个寒冷的早晨，霜使白桦树发黄了，使枫树变成红色了。河里的水暗起来，因为河两岸的芦苇迅速地掉落叶子，河身显得更宽大了。寒冷的秋风把干叶子撕下，带走了。天空常常盖满乌沉沉的秋云，落下迷蒙的细雨。好消息很少，成群结队的候鸟从旁飞过已经有好几天了……

池塘里的鸟儿们已经先动身走了，因为池塘开始结冰啦，留下来的是会游水的鸟儿。

最使灰脖鸭悲伤的是鹤也飞走了。他们喊叫得那么悲怨，好像是在喊她跟他们一块儿飞走一样。由于一种神秘的预感，她的心第一次难过地紧缩起来了。她用眼睛长久地送走天空飞过的鹤群。

"他们有多好啊！"灰脖鸭想。

天鹅、野鹅、野鸭也开始准备飞行了。鸟儿们联合成一大群。老的有经验的鸟儿教导着年轻的。每天早晨，这些年轻的鸟儿发出快乐的呼声，长时间地闲逛来锻炼翅膀，准备将来长途飞行。聪明的头鸟在开始时分批训练，然后再集合起来训练，伴随着多少青春欢乐的喊叫声呀！只有灰脖鸭不能参加这种训练，只是在远处观望着他们。有什么办法呢！她只好向自己的命运低头了。然而她可会游水、潜水了！水就是她的命呀。

"应当出发了……是出发的时候了！"领道的老鸭子这么说，"我们还待在这里等什么呢？"

时间迅速地逝去……决定性的一天到来了。所有的鸟儿在河上集合成活跃的一大群。这是一个初秋的早晨，水面还笼罩着一片浓雾。由三百只野鸭集拢起来的鸭群里，只听见领道鸭的呷呷叫声。老母鸭整夜没有睡觉，因为这是最后一夜，是她和灰脖鸭一块儿过的最后一夜。

"你就待在泉水流入河里的那个岸边附近吧，"她劝告说，"那边的水，整个冬天都不会上冻的。"

灰脖鸭站在鸭群的旁边，好像是一只陌生的鸭……是呀，大伙儿那么忙着飞行，所以谁也注意不到她了。

老母鸭看到可怜的灰脖鸭，整个心都痛起来了。她好几次想留下来，可是还有其他孩子要跟大家飞走，她怎么能留下来呢……

"喂！飞吧！"领道的老野鸭大声发出命令。野鸭们便一齐向上飞起来了。

灰脖鸭独个儿留在河上，好半天，她用眼睛送走飞去的野鸭。开始时大家飞成一堆，后来，拉长了，拉成端正的三角形，然后不见了。

"我难道真正孤独了吗？"灰脖鸭淌着泪想，"假如那时狐狸把我吃掉了，也许倒好些呀……"

3

灰脖鸭停留的那条河，在山里面快活地流着，在盖满了密密的树林的山里流着。那地方很偏僻，周围没有什么人家。河边的水早上开始冰冻起来，可是到了中午，像玻璃般的薄冰融化了。

灰脖鸭恐慌地想："难道整条河都会结冻吗？"

她孤零零的，感到很无助，心里老想念飞走了的兄弟姊妹们。他们现在在哪儿？平平安安地飞到了吗？他们会想起她来吗？她有充分的时间来想这些事情，并且也认识了孤独。河是开阔的，只有树林里藏着一些有生命的东西，那里的松鸡在歌唱，松鼠和兔子们也在跳跃着。

有一次，灰脖鸭实在太无聊了，她走进树林里，树林里蹿出一只兔子来，把她吓坏了。

"哟！你吓了我一大跳！蠢东西！"兔子定下神说，"灵魂都给你吓掉啦！你为什么闯到这儿来？鸭子不是早都飞走了吗？"

"我不能飞。小时候，狐狸把我的翅膀咬坏啦！"

"狐狸我也认识，没有比他更坏的野兽了。他老早就要找我的麻烦。你要留意着这家伙呢！特别是在河水上了冻的时候，他就要来抓你啦！"

他们就这么做起朋友来了。兔子跟灰脖鸭一样，也是无依无靠的，他经常靠着跑腿来逃命。

"如果我也有鸟一样的翅膀，那么，大概我就不怕世界上任何东西了。虽然你的翅膀坏了，可你是会游水的！你往水里一钻就行了，"他说，"可是我常常

害怕得发抖。

我周围都是敌人，夏天还可以有地方躲避一下，可是冬天就会被他们看见了。"

不久，下了初雪，可是河水还没有向寒冷屈服。在夜里冻了的一切，河水又把它打破了。斗争进行得非常激烈。最可怕的是明朗的有星的夜里，那时候，一切都静下来了，河上没有波浪，河好像睡着了。于是寒冷就想趁着河睡熟时用冰来束缚它。

事情就这么发生了。

　　是一个清静的有星星的夜晚。幽暗的树林静静地站在河边，活像守卫的巨人一样。山显得更高了，夜里常常是这样的。高高的月亮用闪烁不定的光线照射着一切。

　　白天喧哗着的山河宁静下来了，寒冷偷偷地接近它，紧紧地拥抱住这个傲慢任性的美人，用镜子一般的玻璃把它掩盖了。

　　灰脖鸭绝望了，因为只有河中间那个大冰窟还没有冻，只剩下不到十五丈那么大的地方可以自由游泳了。当河边出现咬断灰脖鸭翅膀的狐狸时，灰脖鸭更悲哀了。

　　"啊！老相识，你好呀！"狐狸停在岸上，殷勤地说，"好久不见了……祝你冬天好！"

　　"滚开，请你滚开，我根本不愿意跟你说话！"灰脖鸭回答道。

"这都因为我一向太客气了！你真好，不用说啦！不过，人家老说我的坏话。他们自己干了坏事情，就推到我身上……现在，再见吧！"

狐狸走了以后，兔子来了："当心呀！灰脖鸭，他还要来的呀！"

灰脖鸭也像兔子一样开始害怕了。这个可怜的家伙，甚至不想欣赏她周围的奇景。真正的冬天已经来临了。冬天给大地铺上了雪白的地毯。一丁点儿黑的点子也没留下来。甚至光秃了的白桦、赤杨、柳树和山梨树也结了冰花，好像银色的绒毛。枞树变得更庄严了，它们耸立在那儿，

盖满了雪，好像穿着贵重又暖和的皮袍子。

　　是的，周围好极了，但是可怜的灰脖鸭只知道一件事：这些美景不是为她布置的，她一想到没上冻的地方眼看就要被封住，再没有地方可以躲起来的时候，她全身都发抖了。

　　过了几天，狐狸真的来了，他蹲在河边，开口说："我想得你好苦啊！小鸭子……跑到这里来吧；要是你不愿意，我就自己走到你那里去啦。我不是不肯迁就人家的。"

　　狐狸便开始小心地在冰上爬，一直爬到冰开口的地方。灰脖鸭的心凉了半截。可是狐狸不能

跑到水边，因为冰还是很薄很脆。

他把脑袋搁在前脚上，舔了一下，就说："你真笨！小鸭子呀！……你爬到冰上来吧！不过，再见吧！我还忙着自己的事情哪！"

狐狸每天来查看冰洞封起来了没有。已经来临的严寒还是干着自己的工作，那没有上冻的大冰窟窿现在只剩下一丈宽了。冰是坚硬的，狐狸能够靠近洞边坐下来了。

可怜的灰脖鸭吓得钻到水里去，狐狸坐着，恶狠狠地讥笑她："不要紧，钻吧！我反正要吃掉你的……你还不如自己走出来的好！"

兔子在岸上看见狐狸的举动，十分愤怒。

"唉！这只狐狸多么无耻呀！灰脖鸭多么不幸呀！狐狸要吃掉她啦……"

4

照现在这情形看来，等河面完全封冻时，狐狸便会吃掉灰脖鸭了，可是事实却不是这样的。

兔子用自己特有的斜眼睛把这一切都看到了。

事情发生在一个早晨，兔子从自己的洞里跳出来找食吃，还跟其他兔子玩了会儿。天冷得很，兔子们拍着脚取暖。天气虽然冷，可是很快乐。

有一只兔子喊起来："弟兄们，留神呀！"

的确，眼前就有危险了。在树林的边缘站着一个驼背的老猎人，穿着雪靴，没有一点声息地偷偷走过来，正在查看着应该射哪一只兔子。

他挑选了一只最大的兔子，心里这么想："哦，老太婆就要有暖和的皮大衣了。"

他甚至用枪瞄准了，可是兔子们看到了他，就像发疯似的蹿进树林子里去了。

"唉！刁猾的家伙！"老头子生气了，"回头我把你们……这些蠢货，不懂得老太婆是不能没有皮大衣的。她不能挨冻……随你们跑吧，可骗不过我阿金奇契。阿金奇契可更狡猾……你瞧，老太婆怎样吩咐阿金奇契来的：'你当心，老头儿，没有皮大衣可别回来！'然而你们却都跑掉了……"

老头子就跟着脚印追起那些兔子来，可是兔子们

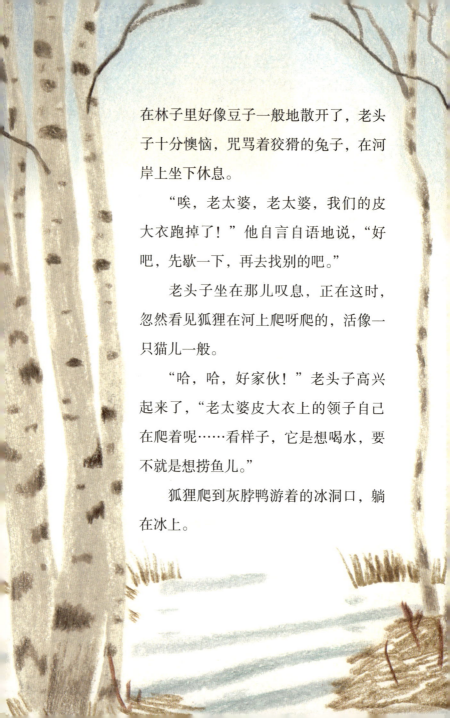

在林子里好像豆子一般地散开了，老头子十分懊恼，咒骂着狡猾的兔子，在河岸上坐下休息。

"唉，老太婆，老太婆，我们的皮大衣跑掉了！"他自言自语地说，"好吧，先歇一下，再去找别的吧。"

老头子坐在那儿叹息，正在这时，忽然看见狐狸在河上爬呀爬的，活像一只猫儿一般。

"哈，哈，好家伙！"老头子高兴起来了，"老太婆皮大衣上的领子自己在爬着呢……看样子，它是想喝水，要不就是想捞鱼儿。"

狐狸爬到灰脖鸭游着的冰洞口，躺在冰上。

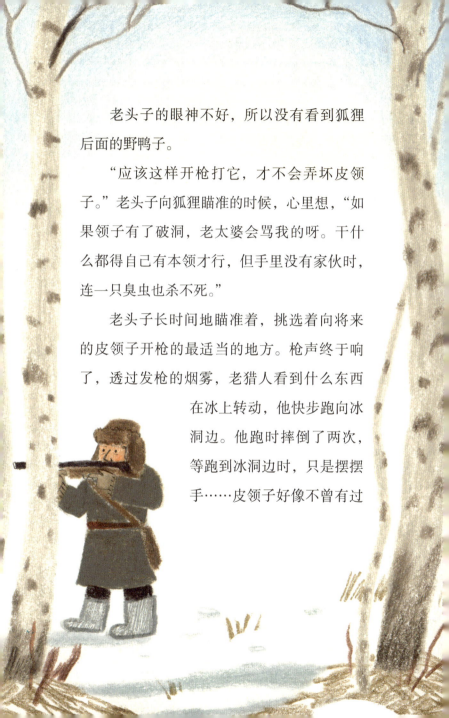

老头子的眼神不好，所以没有看到狐狸后面的野鸭子。

"应该这样开枪打它，才不会弄坏皮领子。"老头子向狐狸瞄准的时候，心里想，"如果领子有了破洞，老太婆会骂我的呀。干什么都得自己有本领才行，但手里没有家伙时，连一只臭虫也杀不死。"

老头子长时间地瞄准着，挑选着向将来的皮领子开枪的最适当的地方。枪声终于响了，透过发枪的烟雾，老猎人看到什么东西在冰上转动，他快步跑向冰洞边。他跑时摔倒了两次，等跑到冰洞边时，只是摆摆手……皮领子好像不曾有过似的；但是在冰洞里，却游着一只吓慌了的灰脖鸭。

"这很有意思！"老头子惊叹了一声，摆摆手，"我第一次看见狐狸变成了鸭子，啊，真是个狡猾的家伙！"

"老公公，狐狸溜掉了。"灰脖鸭向他说。

"溜掉了？你瞧，老太婆，你的皮大衣领子逃走啦……我现在怎么办呢？真倒霉……那么你，蠢东西，为什么在这里游呢？"

"我吗？老公公，我不能跟其他鸭子一同飞走，我的一只翅膀坏了。"

"唉！蠢东西，蠢东西！你在这里会冻死的。要不，狐狸也会吃掉你的呀，而且……"

老头子想了想，摇摇头，打定了主意说："对你我想这么办：我把你带给我的孙儿们。他们一定很高兴！到春天你给老太婆多下几个蛋，孵些小鸭子。就这么说定了，好啦，好啦！蠢东西！"

老头子从冰洞里捉起了灰脖鸭，放进怀里。

"在老太婆面前，我一句话也不提。"他一边向家里走，一边想着，"让她的皮大衣和皮领子再在树林子里逛一些时候吧！主要的是，孙儿们会快乐起来的。"

　　这一切，兔子们都看在眼里，快活地笑了。不要紧，老太婆虽然没有皮大衣，在炉炕上也不会冻死的呀！

好心的猎人

1

在很远很远的乌拉尔山北部，在没有路的树林僻静深处，隐藏着小村子蒂契基。那儿一共有十一户人家，实际上只有十户，因为第十一户完全是孤立的，紧靠着树林。村子的周围，常绿的针叶树像城墙锯齿那样耸立着。从那枞树和杉树的顶上，能够望到几座高山，那些高山好像庞大的青灰色屏风，故意从四面八方包围着蒂契基村。最靠近蒂契基村的，是伛背形的路乔佛山，这山带着灰白的毛茸茸的山顶，遇到阴霾天气，山顶就隐藏在暗灰色的云雾里。

从路乔佛山上流出许多条小溪。有一条快乐地流向蒂契基村的小溪，不论冬季还是夏季，都把像眼泪那样清澈的水供给这村子。

蒂契基村的小房子并不是有计划地造起来的，而是谁爱怎么造就怎么造。有两幢小房子紧靠在溪边，另一幢站在陡坡上，其他小房子像羊群一样沿岸边分散着。

蒂契基村里，甚至连街道都没有，在一幢幢小房子的中间，弯弯曲曲地踏出条小路。蒂契基村的村民们好像本来也不需要街道似的，因为没有交通工具在街道上行驶。蒂契基村没人有大车。

夏天，村子常常被无法通行的沼泽、泥潭和密林包围着，所以只有沿着林中狭窄的小路步行，才能勉强通过，但这也不是每次都能成功的。下雨的时候，小溪汹涌地泛滥着，蒂契基村的猎人们就需要等待两三天，等着这些溪水退下去。

蒂契基村的农民都是高明的猎人。不管是夏天还是冬天，他们差不多都不离开树林，因为利益就在他们的手边。一年四季都有猎物：冬天他们打熊、貂、狼、狐狸；秋天打松鼠；春天打野山羊；夏天打各种飞禽。总之，整年都有繁重又危险的工作等待着他们。

在紧靠树林的那幢小房子里，住着老猎人叶美利和他的小孙子格里苏克。

叶美利的房子好像完全埋在泥地里，只有一扇窗在窥望着这世界；小房子的屋顶已经坏了，烟囱只剩下一些塌下来的砖头。栅栏啦，大门啦，旁边的偏屋啦，这些在叶美利的小房子里都是没有的。只有在那没有刨过的圆木台阶底下，夜里有一只饿得很的狗莱斯克狂吠着——它是蒂契基村最好的猎狗。每次在打猎的前两三天，叶美利因为要让它能更好地找寻猎物和追赶野兽，总是用饥饿去折磨这条不幸的猎狗。

"爷爷……喂，爷……"有一天晚上，小格里苏克困难地发问，"现在的鹿都会带着小鹿一块儿出来吗，爷？"

"会带着小鹿一块儿出来的，格里苏克。"叶美利一边回答，一边编一双新草鞋。

"那么，爷爷，要是您能够把小鹿弄来那多好，您说是吗？"

"慢着，我们准能把它弄来……等到天热了，鹿带着小鹿到树林里躲避牛虻时，格里苏克，我一定给你弄来！"

小孩子不作声了，只是难过地叹了口气。格里苏克只有五六岁，现在他在宽阔的木板床上，在那温暖的鹿皮下面，已经躺了有一个多月了。

早在春天融雪的时候，小孩子就受了寒，但总是好不了。他的黝黑的小脸苍白了，瘦长了，眼睛变大了，鼻子尖了。叶美利看到孙子不光是一天一天瘦下去，而且是一小时十小时地瘦了；可是他不知道怎么挽回这种不幸的局面。他给他喝了草药，带他去洗了两次澡，但并不见他好起来。这孩子什么也不吃，只啃些黑面包皮。春天留下了一些腌山羊肉，可是格里苏克连看都不愿意看它。

"哟，他想要——小鹿……"老叶美利一边编织草鞋，一边想，"应该去给他弄来！"

叶美利已经七十岁了，白头驼背，瘦瘦的身材，长着一双长长的手。他的手指很难弯曲，好像是枯树枝。但是他走路还很有精神，打猎时多少也可以打到些东西。只是眼睛已经很不听他调度了，特别是在冬天，每当雪花像金刚钻的粉末在四周闪烁发光的时候，他的眼力就越糟。因为叶美利的眼睛不好，所以烟囱也倒了，屋顶也坏了，在别人都到森林中去打猎的时候，他常常独自坐在小房子里。

这时，老头子该在温暖的炕上休息了，但是没有人来代替他，而且还有格里苏克需要他照顾呢……三

年以前，格里苏克的爸爸害热病死了。妈妈呢，在一个冬天的晚上，当她带着小格里苏克从村子回到自己的小房子里时，遇到了狼。母亲用自己的身体遮住了小孩，格里苏克才神奇地活了下来。

老头子把他养大，可是他又害病了。真是祸不单行……

2

快到六月底了，这是蒂契基村最热的时候。留在家里的人只有老的和小的，猎人们早就到林子里去猎鹿了。可怜的莱斯克在叶美利的小房子里，像冬季的狼一样饥饿地喊叫三天了。

村里的女人们说："叶美利一定是准备打猎去了。"

这倒是真的。果然，叶美利从他的小房子里走出来，拿着火绳枪，解开了莱斯克，向树林走去。他穿着新草鞋，背着装粮食的布袋，披着破外套，头上戴着温暖的鹿皮便帽。老头子早就不戴有边的帽子了，不管是冬天还是夏天，他出门总戴着鹿皮便帽，因为

它冬暖夏凉，能够很好地保护这老头子的秃顶。

"喂，格里苏克，我不在家时，你自己歇歇吧……"叶美利临走时对孙子说，"我去猎鹿，玛拉雅大婶会来照看你的。"

"你会带小鹿回来吗，爷爷？"

"要带回来的，我早就说过啦。"

"黄澄澄的吗？"

"黄澄澄的。"

"好，我等着你……你可留心，你打枪的时候别打错了……"

叶美利早就准备去猎鹿了，可是老舍不得丢孙子一个人在家，现在这孩子好像好些了，老头子就决定去试试自己的运气。而且有玛拉雅大婶照料孩子，总比他独自躺在小屋子里要好些。

叶美利在树林里，就跟在家里一样。他一辈子带着枪，带着狗，在树林里来来往往，这树林他怎么会不熟悉呢？在周围一百里内，一切小路，一切记号，他都是很熟悉的。

现在，七月快过完了，树林里特别美好：青草间开着各种花，现出美丽的斑点，空气里弥漫着香草的奇异香味，温暖的太阳在空中张望，向树林、

青草、在香蒲里淙淙地流着的小溪、遥远的山头明亮地照射着。

对啦！这周围十分美好，所以叶美利屡次停下来，歇歇气，向后眺望着。

他走的小路绕过好些大石头和陡峭的山谷，像蛇样曲曲弯弯地通到山上。

高大的树木已经被砍倒了，但小路附近长着许多小白桦树、忍冬树、山梨树，它们张开了绿色的天幕。到处碰得到茂密的小枞树的嫩枝。它们像绿的刷子一样在路的两旁生长着，快活地伸出手掌般毛茸茸的丫枝。

半山里有个地方能够望到远山和蒂契基村全部的景致。这村子完全隐藏在山谷底，从这里看过去，那些农舍只是些小小的黑点。叶美利遮住了耀眼的太阳光，长久地望着自己的房子，想念着小孙子。

叶美利说："喂！莱斯克，找呀！"这时候，他们已经从山上下来，从小路转到繁茂的枞树林里去了。

对莱斯克是不需要发出第二遍命令的，它很懂得自己应该干些什么。所以它把尖鼻子触着地面，消失在浓密的绿色森林里了。只有背上黄色的小点子偶尔闪现着。

开始打猎了。

一棵棵枞树的尖树梢高耸入天空，毛茸茸的树枝交叉着，在猎人的头顶上形成了密不透风的黑暗的穹隆，只有几个地方太阳光快乐地张望着，它像金黄斑点一样烙在淡黄色的苔藓上或者羊齿草的宽阔叶子上。在这种树林里，青草是不生长的，叶美利在柔软的淡黄色苔藓上行走，好像在地毯上行走一样。

猎人在这座树林里慢慢地走了几个钟头。莱斯克好像掉到水里去了似的毫无影踪，偶然只听见脚下有树枝折断声，或者是杂色的啄木鸟飞来声。叶美利仔细地查看着四周，看有没有什么地方留下什么痕迹，鹿有没有用角折断过树枝，苔藓上有没有留下分叉的蹄子印，土堆上有没有被啃过的鲜草。

天黑了，老头子觉得很疲倦，必须想想怎么过夜了。

叶美利想："鹿大概被别的猎人吓跑了。"

可是这时传来了莱斯克微弱的尖叫声，前面有树

枝摩擦的声音。叶美利靠着枞树，等待着。

是鹿，真正的鹿，是角上有十个杈的美鹿，是这树林里最高贵的野兽。它仰头把树枝般的角贴到背上，留神地倾听着，嗅着空气，准备在刹那间像闪电一般消失在绿色的密林里。

叶美利老头看到了那头鹿，但离它太远的缘故，子弹射不到。莱斯克躺在树丛里，屏息等待着枪的响声：它听到了鹿的声音，嗅出了它的气味……

这时枪响了，鹿像箭一样向前奔去。叶美利的枪没有打中，莱斯克饿得难受而哀叫起来。可怜的狗，它仿佛已经闻到了烧鹿的气味，看到了引起食欲的肉骨头，那是它主人丢给它的；可是，它的希望落了空，仍旧不得不饿着肚子躺着。这是多么不快乐的事呀！

"唉！让它去散步吧！"到了晚上，叶美利坐在枝叶稠密的百年老枞树下的火堆旁时，就这么想、这么说，"我们会弄到小鹿的。莱斯克，听见吗？"

狗只是悲哀地摇着尾巴，把尖尖的头挟在两条前腿的中间。今天，它好不容易才得到了一块干面包皮，那是叶美利丢给它的。

3

三天来，叶美利带着莱斯克在树林里走来走去，但没有一点用处，鹿和小鹿都没有出现过。

老头子觉得筋疲力尽了，可是却不想空着手回家去，莱斯克虽然猎到了一对小兔子，但也十分灰心，身体更瘦了。

在树林里的火堆旁边度过了第三个晚上。叶美利老头就是在睡梦里也常常看见那头黄澄澄的小鹿，这是格里苏克向他要求的。老头子好多次侦察他的猎物，瞄准它的猎物，但鹿每次都在他面前跑掉了。莱斯克大概也梦见过鹿了，因为有好几次它在睡梦中尖叫着，而且发出低沉的吠声。

到了第四天，猎人和狗已经一点力气也没有了，这时他们恰巧找到了母鹿和小鹿的脚印。那是在浓密繁茂的枞树林的山坡上，莱斯克首先发现了鹿过夜的地方，后来又嗅到了草里杂乱的脚印。

"母鹿带着小鹿，"叶美利望着草里大大小小的蹄子印，想着，"今天早晨在这里走过……莱斯克，小乖乖，去找呀！"

天很热，太阳不留情地照着。狗伸出了长舌头，在灌木丛和草里嗅着。叶美利困难地拖着腿，听到了熟悉的树枝折断声和树叶簌簌声……莱斯克马上躺到草里，不动了。叶美利的耳边，好像响着孙子的声音："爷爷，去猎小鹿来呀！而且一定要黄澄澄的。"那是鹿妈妈……美丽的母鹿。它停在树林边，害怕地直向叶美利望，一群嗡嗡的小虫在它头上打转，使它发抖。

"不，你不要欺骗我。"叶美利想着，从埋伏的地方爬出来。

鹿早就觉察到有猎人，但却勇敢地注视着他的行动。

"这是母鹿想把我的注意力从小鹿身上引开。"叶美利想着，向鹿靠得更近了。

当老头子想对鹿瞄准时，它小心地跑出几丈远，又停了下来。叶美利重新带着枪爬过去，慢慢地靠近了它，当叶美利刚要射击的时候，鹿又隐没了。

"你引不开小鹿的。"叶美利嘟哝着说。他一连好几个钟头耐心地追踪这头野兽。

人和动物就这么斗争着，一直持续到晚上。这高贵的动物经过十余次生命的冒险，努力想把老猎人从躲着的小鹿那儿引开；叶美利老头又愤怒、又惊异他的猎物有这种勇敢精神。总之，它准是逃不掉的……有多少次他眼看着就要打死这头打算牺牲自己的母鹿了！莱斯克像影子一样在主人后面爬着；当它的主人完全望不见鹿的时候，它就小心地用它的热鼻子把鹿找出来。

老头子回头望望，便坐了下来。离开他十丈的地方，在那忍冬树的下面，站着一头黄色的小鹿，他们花了整整三天工夫才找到它。这是一头十分美丽的小鹿，生下来才几个星期，有黄的绒毛和细长的脚；美丽的头向后仰着，当它想方设法要折断那高高的小树枝时，它向前伸着细长的颈子。猎人怀着紧张的心情，拨上枪的扳机，对着那头没有保障的小动物的头瞄准着……

只要一刹那——小鹿就将带着死前的痛苦叫声，滚在草地上了，但就在这一刹那，老猎人忽然想到那么勇敢地保护小鹿的妈妈，又想到格里苏克的母亲怎样用自己的身体从狼嘴里救下自己的孩子……老叶美利心里很乱，于是放下了枪。小鹿依然在灌木丛边走着，啮着树叶，倾听着细微的响声。老叶美利很快站起身来，吹着口哨——小动物快得像闪电一样，逃向灌木丛里去了。

"哟，多快……"老头子一边说着，一边沉思地微笑着，"一眨眼！像箭一样……跑掉了，莱斯克，我们的那头小鹿！喂，它逃走了，它还要长大的……哟，你真是灵巧……"

老头子站在那儿好半天，老是微笑地回想着逃跑的小鹿。

第二天，叶美利走近自己的房子。

"喂，爷爷！带小鹿来了吗？"格里苏克问着，他心急地等了好久了。

"没有，格里苏克……可是我看见它了……"

"黄澄澄的？"

"正是黄澄澄的，但嘴巴是黑色的。站在灌木丛底下，啃着树叶。我瞄准了……"

"没打中吗？"

"没有，格里苏克。我可怜那头小野兽……可怜它的妈妈。我吹着口哨，它，那头小鹿，飞跑进森林里去了……跑得真快，这小顽皮……"

老头子花了大半天给小孩叙述这个故事，说他怎样在树林子里，花了三天工夫找那小鹿，后来又怎样让它逃跑了。

小孩子一边倾听着，一边跟老祖父一起快乐地笑着。

"我给你带来了一只雉鸡，格里苏克，"叶美利讲完了故事，又加上这么一句，"它迟早会被狼吃掉的。"

雉鸡被剥光了皮，放在锅里。害病的孩子，怀着满足的心情喝着雉鸡汤，要睡觉的时候，又问了好几次："它真的逃跑了，那头小鹿？"

"逃跑啦，格里苏克……"

"黄澄澄的？"

"是黄澄澄的，只有嘴巴和蹄子带些黑色。"

整夜，小孩子在睡梦里一直看见那头黄澄澄的小鹿，它跟它的妈妈快活地在树林里散步。睡在炉炕上的老头子梦里也带着微笑。

猎狗和小野兔

1

"叶列姆卡，今天要走运了，"鲍加契老头听着烟囱里怒吼的风声说，"风刮得多么厉害啊。"

叶列姆卡是一条狗的名字，因为有一段时间它住在猎人叶列玛那里，所以就这样叫它。虽然它不像乡村里普通的看家狗，可是很难说出它是什么品种的狗：它的腿很长，额头宽大，尖尖的嘴，大眼睛。

已故的猎人叶列玛不喜欢它，因为它的一只耳朵像树桩似的竖立着，而另一只耳朵却下垂着；它的尾巴也很特别——长长的、毛茸茸的，像狼尾巴一样在两条腿中间晃来晃去。到鲍加契手里时，它还是一条小狗，后来才显出是一条非常聪明的狗。

"嗯，这是你的运气。"叶列玛笑着说，"它的毛也很好，仿佛刚刚从水塘里钻出来似的。倒是一条好狗……可见它注定要和你生活在一起。你们俩真是半斤八两。"

叶列玛的话说得相当有道理。真的，鲍加契和叶列姆卡之间的确有说不出的相同的地方。

　　鲍加契是个高个子，驼背，脑袋瓜很大，手也很长，皮肤带点灰色。他一生都过着孤独的生活，年轻时当过村里的牧羊人，后来做了看园人。他很喜欢看守的工作。夏天和冬天，他守望着花园和菜园。还有什么比这更好的事呢：它的小屋子里面总是暖暖的；吃得饱，穿得暖，还可以搞到一些好处。鲍加契会修理木桶、水桶、大桶，给农妇们做扁担，编篮子和草鞋，给孩子们用木头雕些玩具。总而言之，他是一个没有工作就待不住的人，是个万事满足的人。

　　童年时，不知为什么人家叫他"鲍加契"[1]，于是他终生就

1 "鲍加契"在俄文中是"财主"的意思，起这个绰号是挖苦他穷。

用上了这个绰号。

暴风雪刮得很厉害。几天来天气都很冷，昨天解了冻，却开始下着柔软的小雪，猎人说这是"初雪"。开始冻起来的土地上被撒上了新的雪花。深夜的风开始吹刮水沟、土坑和水洼。

"喂，叶列姆卡，我们今天可要走运了。"鲍加契说着，望了望看守屋的小窗。

狗躺在地上，把头搁在两条前腿中间，轻轻地摆着尾巴作为回答。它懂得主人的每一个字，因为它不会说话，所以没有把话说出来。

已经是晚上九点钟了。风一会儿静下来，一会儿又用新的力量吹起来。鲍加契开始不慌不忙地穿衣服，在这样的天气走出温暖的看守屋是不愉快的，可这是自己的工作，又有什么办法呢？鲍加契把自己看作与攻击花园和果园的一切兽类、鸟类和昆虫做斗争的官员。他跟菜上的害虫，跟损害果树的各种毛虫，跟白嘴鸟、椋鸟、画眉鸟，跟田鼠、土拨鼠和野兔做斗争。

土地和空气里都充满着敌人，这些敌人到冬天大半都死了，或者分散着躲到自己的巢里或洞里去了。现在只剩下了一个敌人，也就是鲍加契在冬天里要跟它作战的敌人——兔子。

"兔子看起来非常胆小，"鲍加契说，他继续穿着衣服，"却是最有害的兽类……对不对，叶列姆卡？真是狡猾透了……天气真坏，一个劲儿下雪。这对斜眼睛兔子来说倒是顶高兴的。"

鲍加契把一顶兔皮帽压在头上，拿了一根长棍子，往靴筒里塞了一把刀子，以防万一。叶列姆卡使劲地伸懒腰、打哈欠，它也不想走出温暖的小屋子到寒冷中去。

鲍加契的看守屋在大果园的一角。果园后面紧挨着的是通向河边的陡坡，河对面的一片小树林发着青色，那里主要盘踞着野兔子。

冬天野兔没有东西吃，它们就越过河流到有人住的地方来。它们最喜欢的地方是围着谷草垛的打谷场。在这里它们有东西吃，捡着从麦堆上掉下来的穗子，有时候还钻到谷草垛里面去。在它们看来，那里真是天堂，虽然有时难免有些危险，但野兔们最喜欢

在果园里享受一番，吃新的果树苗和苹果树、李树、樱桃树的幼枝。因为这些树苗和幼枝有那么嫩的、美味的树皮，不像白杨和其他树的树皮那样不好吃。不管怎样提防，只要野兔们一次袭击成功，有时会损毁整座果园。只有鲍加契一人会对付它们，因为他知道它们的习惯和诡计。老远嗅得出敌人的叶列姆卡帮了老头儿许多忙。当野兔在软绵绵的雪地上仿佛穿了毡靴似的偷偷跑过来时，叶列姆卡躺在自己的小屋子里就听见了。

　　每一个冬天，鲍加契和叶列姆卡都能捕捉到许多野兔。老头儿设置了陷阱、笼子和各种巧妙的圈套来捕捉它们，叶列姆卡就干脆用牙齿来捉住它们。

鲍加契走出小屋子时只是摇头，天气太坏了，他的所有陷阱都被雪掩盖住了。

"看样子，叶列姆卡，你得下山走一趟了。"老头儿望了望他的狗说，"是的，要下山一趟……我呢，把兔子赶到你那里去。懂不懂？对了……现在我到打谷场背后去走一遭，把它们赶到你那儿去。"

叶列姆卡只是微微地尖叫了一声作为回答。在山脚下捕野兔是它最快乐的一件事。事情就是这样进行的。野兔们为了到打谷场去，打河那边跑过来，就到了山上。它们的归路就是下山的路。大家知道，兔

子上山跑得很凶，而下山遇到危险时，就打着滚滑下来。叶列姆卡躲在山脚下面，就在兔子们毫不觉察的当儿捕捉它们。

"你喜欢捕捉打滚的兔子吗？"鲍加契逗着狗说，"唔，去吧。"

叶列姆卡摆了摆尾巴，慢吞吞地走向村子，从那里走下山去。聪明的狗不愿意穿过兔子的小径。兔子们很懂得在自己走过的道路上出现狗脚印的意义。

"这样的天气，你想想看！"鲍加契为了绕过打谷场，一面在雪地里向相反的方向迈开脚步，一面咕哝着说。

风刮得多么厉害，吹得四周的雪花像尘埃一般打转，连呼吸都要窒住了。一路上鲍加契查看了一些被雪掩盖着的陷阱和那些等候猎物上钩的圈套。大雪把他所有的机关都掩盖住了。

"嗨，你，搞成这样一种情形，"老头儿困难地把脚从雪里拔出来，唠叨着说，"像这种天气，兔子们都躺在自己的窝里……不过饥饿可不是开玩笑的，躺个一天两天可以，到第三天就得出来找吃的东西。它虽然是兔子，可是肚皮却是一面镜子呀……"

鲍加契走了一半的路，感到十分累。甚至浑身都淌汗了。如果不是叶列姆卡在山脚下等他的话，老头真想回到自己的小屋去。这些兔子去它们的吧，哪里也躲不掉的。下一次也可以来打猎的。不过这样的话，在叶列姆卡面前有些难为情，如果欺骗了它一次，下次它就不肯去了。虽然它是一条狗，可它是聪明而高傲的。有一次鲍加契完全没有理由地打了它一顿，后来好容易才和它言归于好。它夹着狼尾巴，眼珠滴溜溜地转着，但是用俄国话跟它讲道理时，它又好像什么都不懂了。还得向它道歉，你瞧，多么骄傲的狗。现在它已经躺在山脚下等待兔子了。

绕过了打谷场，鲍加契就开始"追赶"起兔子来。他走近打谷场，用棍子打草垛，拍拍手，古里古怪地，像被追赶的马一样喷着鼻息。在第一和第二两个打谷场上，一只兔子也没有，但是第三个打谷场里闪过了两只兔子的影子。

"哈哈，斜眼的家伙，不高兴吗！"老头儿一面继续巡查着，一面一本正经地说。

真是奇怪的事，每一次都是老样子：他和叶列姆卡好像已经追逐过好多的兔子了，然而兔子还是老一套的手法，就好像总是那几只原来的兔子一样。如果兔子跑进田里，那就完了。你要找它，它简直就像田野里的风一样无影无踪。但是，不，它一定还在等机会溜到河那边的家里去，可是在那边的山脚下面，叶列姆卡已经磨好牙齿在等候它们了……

鲍加契搜索过打谷场，就开始下山往河边去。他奇怪的是，叶列姆卡本来总会奔跑过来迎接他，但现在不知为什么，很抱歉似的站在那边，显然，是在等他。

"叶列姆卡，你在干什么？"

狗轻轻地叫了一声。在它面前的雪地上，仰天躺着一只年幼的小兔子，无力地摆动着小脚爪。

"抓住它！咬呀！"鲍加契喊道。

叶列姆卡动也不动。鲍加契走近了，才明白是怎么一回事：小兔子因为伤了前腿，所以躺着。鲍加契站住了，脱下帽子说："原来是这么一回事，叶列姆卡！"

2

"真是奇怪的事！"鲍加契惊讶地说，他弯下身来，这样可以更清楚地观察那娇弱的小兔子，"老弟！怎么搞成这个样子的呀，嗯？还是很小的哩！"

野兔仰天躺着，显然，它已经放弃了脱身的念头。鲍加契碰碰它受伤的脚，摇摇头。

"真是出乎意料……叶列姆卡，我们把它怎么办呢？为了免除它的痛苦，我们把它宰了好不好？"

可是杀掉它好像有些可怜。如果叶列姆卡不好意思用牙齿去咬这只残废的动物，那么他，鲍加契，更不好意思把这个毫无还手之力的动物杀死了。如果它落入陷阱，那又是另一回事，可是这是一只有毛病的小野兔。

叶列姆卡望了一下主人，用疑问

的口吻吠叫了一下，仿佛在说，总得想个办法呀。

"唉，叶列姆卡，我们把它这样处理：我们把它带到我们的小屋里去。这个瘸腿的会往哪儿躲呢？头一只狼就会把它吃掉的……"

鲍加契把兔子拿在手里，走上山去，叶列姆卡拖着尾巴在他后面跟着。

"这是给你的猎物……"老头儿唠叨着说，"我和叶列姆卡要开兔子医院了。嘿，你，真怪！"

回到屋子里时，鲍加契把兔子放在板凳上，把折断的兔腿包扎了起来。

在他还是牧羊人的时候，就学会了这样给羔羊包扎。

叶列姆卡聚精会神地瞧着主人工作，有好几次走近兔子，嗅了一阵就跑开了。

"你可别吓到它，"鲍加契对它说，"等它习惯了以后再嗅它吧。"

病兔动也不动地躺着，像一个等死的人一样。它是那么洁白而干净，只有一对耳朵尖好像涂上了黑颜料似的。

"可不是，应该给这可怜的家伙吃点东西呀。"鲍加契想。

但是兔子坚决地拒绝吃和喝。

"这是因为它害怕，"鲍加契解释说，"明天我给它搞些新鲜的胡萝卜和牛奶来。"

在板凳下面的角落里，鲍加契用各种破布给兔子做了个柔软而温暖的窝，把它放了进去。

"你要注意，可别给我吓到它。"他用手指做出威胁的样子对狗警告，"你要知道，它害着病呢。"

叶列姆卡走近兔子，舐了它一下代替回答。

"唔，叶列姆卡，这么说是不会欺负它的了？对，对……你本来就是条聪明的狗，只是不会说话罢了。以后我们有的是健康的兔子。"

夜里，鲍加契睡得不好。他老是听着，叶列姆卡是不是偷偷跑到兔子那里去了。虽然它是条聪明的狗，但狗到底是狗，不能够完全信赖它：也许它会抓兔子。

"嘿，你，真怪，"鲍加契躺着翻来翻去，想道，"好像瞧够了兔子似的，它咬过上百只兔子了，可是对这一只却可怜起来了。还不是傻得很，笨东西。"

鲍加契在梦里看见被他们打死的兔子。可是他醒过来，听到咆哮着的狂风。他仿佛觉得所有被他们杀死的兔子都向小屋子跑过来，嘴里呼喊着，在雪地上打滚，用前脚在敲门。老头儿忍不住了，就从炕上下来，向小屋外望出去。什么人也没有，只有田野里的风在吹着，发出很大的声音。

"嘿，真是怪事！"老头儿爬上温暖的土炕时又咕哝了一声。

他像一般老头儿一样，一清早就醒了，生旺了炉子，把一种薄粥之类的东西——稀饭、剩下的菜汤、薄面糊，搁到火上去。

今天像平常一样，兔子一动不动地躺在角落里，像死了一样，不管老头儿怎么把食物塞给它吃，它碰也不

去碰。

"瞧你，是多么了不起的老爷。"老头儿责备它说，"来喝一点荞麦粥，你的脚就会长好了。真是傻东西……我的粥连叶列姆卡都大口吃，觉得十分有味呢。"

鲍加契把屋子收拾好，吃了东西，就到村里去了。

"你看好家，叶列姆卡。"他吩咐叶列姆卡，"我马上就回来，你可别吓了兔子。"

老头儿走了以后，叶列姆卡没有碰过兔子，不过把给兔子的东西都吃掉了——一块黑面包、薄粥和牛奶。它舐着兔子的脸表示感谢，后来又从角落里拖出一块不新鲜的、啃光肉的骨头来奖赏它。叶列姆卡总是饿，就是吃下一只兔子也是这样。

老头儿回来时只是摇头：多刁猾的兔子，请它吃时它连看也不看，人一走，它却吃个精光。

"真是刁钻的家伙！"老头儿惊讶地说，"我还给你带礼物来了，斜眼的骗子。"

他从怀里掏出几根小胡萝卜、一对洋白菜茎、一根芜菁和一棵甜菜。叶列姆卡躺在它原来的地方，好像没有那回事的样子；可是当它想起从兔子那里吃掉的东西时，它舔了舔嘴巴，鲍加契明白它的狡计了，就破口骂它："你不害臊吗，老骗子……嗯？什么，你没有吃过粥吗？唉，喂不饱的家伙！"

当老头儿看见兔子面前的骨头时，不禁笑了起来。这个叶列姆卡也会请客呢！你不是一个刁钻的大骗子吗？！"

兔子休息了一夜，就不再害怕了。当鲍加契给它胡萝卜时，它贪婪地吃掉了。

"嗨！老弟，这样就会好些！这可不是叶列姆卡啃的光骨头了。摆架子摆够了。好吧，再尝尝芜菁的味道吧。"

它用同样的胃口吃完了芜菁。

"你真棒呀！"老头儿称赞说。

天大亮的时候，听见有人在敲门，还有孩子细微的声音说："老公公，开开门……快冻死了！"

鲍加契打开了笨重的门，放进来一个七岁光景的小姑娘。

她穿着一双大毡靴，穿着她母亲的短皮袄，裹了一条破头巾。

"呀，是你呀，克苏莎……你好吗？我的小鸟。"

"妈妈给你送牛奶来了……不是给你，是给兔子的……"

"谢谢你，克苏莎……"

他从小姑娘冻红的小手里接过了一小罐牛奶，小心地放在桌子上。

"唔，我们现在过节了。克苏莎，你来暖和一下，冻着了吗？"

"真冷……"

"把衣服脱下来。你是我们的小客人。你来瞧小兔子的吗？"

"这还用说嘛！"

"难道你没有看见过兔子？"

"怎么没有看见过。不过我看见过夏天的兔子，那时是灰色的，但是你这一只是全白的。"

克苏莎脱了衣服。她是一个很普通的乡下小姑娘，脸晒得黑黑的，细细的脖子，有一条细辫子，瘦削的手和脚。她妈妈是按照乡村的装束给她打扮的，她穿着无袖的女衫。这样既方便又省钱。克苏莎用一只脚跳着取暖，呵着气暖和手指头，然后走近了小兔子。

"呀！老公公！多好的小兔子啊！全白的，只有耳朵上镶黑边。"

"冬天的时候，所有这种白兔子都是这样的。"

小姑娘挨着兔子坐下来，抚摸着兔子的背。

"它的脚为什么用破布扎起来呢？老公公！"

"脚断了，为了让它长好骨头，我才给它包扎起来的。"

"老公公，它痛不痛呢？"

"当然痛的。"

"老公公，它的脚长得好吗？"

"如果它能安静地躺着，就会长得好的。你看它躺着一动也不动。它多聪明呢！"

"老公公，它叫什么名字？"

"这兔子吗？唔，兔子就叫兔子，这是一个总称。"

"老公公，这是指那些壮健的在田野里奔跑的兔子，可是，这一只是跛腿的。我们那儿有一只猫叫玛莎。"

鲍加契沉思起来，用惊讶的眼光望了望克苏莎。真是一个愚蠢的小姑娘，但说的话却有道理。

"照你说的……"他说着心里想说的话，"真的应该起一个名字，不然兔子很多……喂，克苏莎，那么我们叫它什么呢……嗯？"

"黑耳朵。"

"对！你呀，真聪明！那么你就算是它的教母吧。"

关于跛脚兔子的消息，一下传遍了整个村子，鲍加契小屋子四周立刻聚集了一大群好奇的乡村儿童。

"老公公，把兔子给我们瞧瞧！"他们这么要求。

鲍加契不高兴了。把所有的孩子一下都放进来是不可能的，因为屋子里容纳不下这许多人，但一个个地放他们进来呢，整个房间就没有热气了。

老头儿走到台阶上说："我不能给你们看兔子，因为它有病。等它病好了你们再来，现在快回家去吧。"

3

过了两个星期，黑耳朵完全恢复了健康。新的骨头很快长好了。现在它已经谁也不怕了，快活地在屋子里跳跃着。它很想获得自由，所以每一次开门时，都在守候着。

"不行，老弟，我们不会放你出去的，"鲍加契对它说，"为什么你要在冷天里去受冻挨饿呢？跟我们一块儿住，春天到时，随你高兴到田野里去好了。只是别让我和叶列姆卡再碰上了。"

叶列姆卡显然也有同样的想法。它躺在紧靠着门的地方，当黑耳朵想从它身上跳过去时，它就露出白色的牙齿吠起来。不过兔子根本不怕它，还跟它一起玩。鲍加契笑得眼泪都淌出来了。叶列姆卡身体伸得

长长的躺在地板上，闭起眼睛，好像睡着一样，黑耳朵就从它的身上跳过去。

有时兔子玩得太高兴了，脑袋撞到板凳上，就按照兔子的方式，像打猎时受了致命伤的兔子一样地痛哭起来。

"真是一个小婴孩，"鲍加契感到奇怪，"哭起来也像小孩子。喂，黑耳朵，你不可怜你的脑袋的话，至少也要可怜可怜长凳子，它没有犯错误呀。"

这样的劝告没有什么用，兔子并不因此安静下来。叶列姆卡也玩得津津有味，于是就在屋子里追赶起兔子来，张开嘴，吐出舌头，可是兔子巧妙地躲开了它。

"怎么，叶列姆卡老弟，你追不上它吗？"老头儿嘲笑狗说，"你这老家伙，哪里会追得上！白白地累了你的腿吧。"

乡村里的儿童常常跑到鲍加契的屋子里来跟兔子玩，他们也给它带来了些吃的东西。有的带芜菁，有的带胡萝卜，有的带甜菜或是马铃薯。

黑耳朵用感谢的心情接受了这些礼物，立刻贪馋地吃起来。它用两只前脚抓住了胡萝卜，低下头去，琢磨似的很快地啃着。它的食量大得出奇，鲍加契也大吃一惊。

"它吃下这一大堆东西，放到哪里去了呢？这家伙个头不大，可是你给它多少东西它都吃得下。"

克苏莎比其他孩子来的次数更多，村里的孩子给她起了个绰号，叫作"兔子的教母"。黑耳朵跟她特别熟悉，它喜欢爬到她身上，睡在她的膝盖上。可是它却用忘恩负义来报答她。有一次，当克苏莎回去的时候，黑耳朵像闪电一样从她脚边蹿出门去，叶列姆卡立刻明白是怎么一回事了，就跑去追赶它。

"这怎么成，这不过是瞎跑罢了！"鲍加契讥笑它，"它比你狡猾得多。但是你，克苏莎，别哭。让它去跑一阵，过后它自己会回来的。它能躲到哪里去呢？"

"我们村里的狗会把它撕烂的，老公公。"

"那是它跑到你村里去才会这样。现在它是直接蹿到河那边，回到它的老家去的。它会说，如此这般，虽然生活得很好，但我有自己的住所和吃的东西。它跑了一阵子，玩了一阵子，当它想吃东西的时候，就会回来的。叶列姆卡是笨家伙，它赶上去捉它，唉，笨狗！"

"兔子的教母"挂着眼泪回家去了，而老头儿鲍加契自己也不很相信自己说的话。半路上可能有许多狗把它撕烂，兔子也可能觉得自己的家更好些。这时候，叶列姆卡又疲乏又抱歉地拖着尾巴回来了。

快到晚上了，老头儿鲍加契甚至觉得有些苦恼了。如果黑耳朵真的不回来呢？叶列姆卡躺在靠门口的地方，倾听着每一次的沙沙声。它也在等候。平时鲍加契是要跟狗谈话的，但这时却不吭气。他们不说话，彼此也都明白的。

到了晚上，鲍加契比平时更长久地继续他的工作。当他想到炕上去睡时，叶列姆卡快乐地叫了一声，扑向门边。

"啊，斜眼睛做客回家来了！"

果然是它，黑耳朵。它从门槛上一直扑到它的碗旁边，开始喝起牛奶来，然后吃了一棵白菜心和两根胡萝卜。

"怎么样，老弟，你做客时人家款待得不好吗？"鲍加契微笑着说，"啊，你这个忘恩负义的东西！把你的教母都惹哭了呢。"

叶列姆卡老是站在兔子旁边，亲切地摆动着尾巴。

当黑耳朵把碟子里的东西统统吃光以后，叶列姆卡舐着它的脸，开始找起虱子来了。

"唉，你们这些淘气的东西！"鲍加契躺到炕上去时微笑着说，"可见古语说得对：'在一块儿虽然挤些，但分离了却寂寞。'"

克苏莎第二天一清早就跑来了，长久地吻着黑耳朵。

"嘿，你这可恶的爱逃跑的东西！"她骂它，"以后可别跑了，不然的话，村里的狗会把你撕烂的。听见了吗？傻东西！老公公，每句话它都懂呢！"

"当然懂。"鲍加契同意地说，"不要害怕，它会知道什么地方有东西给它吃的。"

这件事发生以后，大家不再监视黑耳朵了。让它跑出去游玩，让它在雪地上跑跑好了。兔子天生就是要跑的。

过了两个月，黑耳朵完全变了：长得又大又肥，身上的毛有了光泽。凭着它顽皮和快活的性格，它给大家带来了许多快乐。鲍加契也觉得今年冬天好像很快就过去了。只有一样不好，鲍加契打兔子可以挣很多的钱。每只兔子他可以得到二毛五分钱，这对穷人是一笔很大的数目。鲍加契一个冬天能够打到一百只兔子，而现在搞成这样：打死这些愚蠢的兔子好像良心上有些过不去，在黑耳朵面前也觉得不好意思。

晚上鲍加契和叶列姆卡蹑手蹑脚地溜出去打猎，再也不像从前那样把打死的兔子带到屋子里来了，而把它们藏在过道里。

连叶列姆卡也知道这一点，当叶列姆卡由于打猎而得到兔子的内脏作为奖赏时，它就把它们带到离看守棚较远的地方偷偷地吃掉。

"怎么，老弟，怕难为情吗？"老头儿打趣它，

"兔子这东西当然是有害的、喜欢恶作剧的动物，它们也一定有自己的兔子性格，这就是说有卑鄙的性格。"

冬天过得好像特别快。三月来了。每天早晨，屋顶上长满了晶莹的冰柱流苏，出现了化了雪的地面。树上的苞蕾开始膨胀起来，充满了汁液。第一批白嘴鸟飞来了。周围的一切都苏醒了，并且像对待节日似的来迎接就要到来的夏天。只有黑耳朵显得不快活。它越来越多地跑出屋去，它瘦了，也不玩耍了，回到家里时总是吃得饱饱的，并且整天在长凳下面的窝里睡觉。

"它在换毛，所以感到苦闷。"鲍加契解释说，"就是这个缘故，所以春天人们不打兔子。兔子很瘦，毛皮像被虫蛀坏了似的。总而言之，不值得去吃它。"

黑耳朵真的开始变了，它冬天的白毛变成了夏季的灰毛。背上已经变成灰色的了，耳朵和脚也是这样，只有肚子还是白的。它喜欢出去晒太阳，在农家的土堡上晒个好半天。

有一次克苏莎来看黑耳朵，可是它已经整整三天不在家了。

"现在它觉得在林子里好，所以就走了。这淘气鬼！"鲍加契对发愁的小姑娘解释道，"现在兔子们在吃树上的幼芽，在化了雪的地方撕下绿色的青草。因此黑耳朵也觉得有意思呢。"

"可是我给它带牛奶来了，老公公……"

"喏，它不在，我们就把牛奶喝掉好啦。"

叶列姆卡在克苏莎身边转来转去，对长凳下面的空兔子窝叫吠着。

"它这是在向你诉苦，"鲍加契解释说，"虽然是一条狗，它也生气了。那淘气鬼把我们都惹得生气了。"

"它真不好，老公公。"克苏莎含着眼泪说。

"有什么不好呢？它不过是一只兔子罢了。夏天，当林子里有东西吃时，它就去玩；冬天没有什么可吃的东西的时候，它自己就回来了。你瞧，它不过是一只兔子啊。"

黑耳朵又回来一次，但没有走近看守棚，只在远处一动不动地坐着观望。叶列姆卡跑到它身边，舔它的脸，叫喊着，仿佛请它来做客，但是黑耳朵不肯来。鲍加契向它招手，可是它留在老地方动也不动。

"哟，淘气鬼！"老头儿喊道，"瞧，你竟摆起架子来了，你这斜眼睛。"

4

春天过去了，夏天来了。黑耳朵没有出现。鲍加契甚至对它生气了："难道不可以顺便来玩一会儿吗？我想它的事情又不多，总能抽出时间的。"

克苏莎也生气了。她感到很痛心，因为整个冬天她是那么爱过这只没有良心的兔子。

叶列姆卡不吭气，但是它也不满意这位不久以前的朋友的做法。

夏天过去了，秋天来了，开始霜冻了。下了一次像鹅毛般柔软的小雪花。黑耳朵始终没有出现。

"斜眼睛会来的。"鲍加契安慰叶列姆卡，"你等着好啦，等到雪遮盖了一切，没有东西吃的时候，它就会来的。我对你说的话准对。"

可是第一次雪下过后，黑耳朵还是没有出现。鲍加契甚至发起愁来了。事实上这又算什么呢？连人都不完全可靠，兔子当然更不能相信了。

有一天早晨，鲍加契在他屋子旁边干活，忽然听见远处传来嘈杂声，然后是一阵枪声。叶列姆卡竖起耳朵警戒起来，又哀怨地尖叫了一声。

"天呀，这是猎人们来打兔子啦！"鲍加契倾听着从河对岸传过来的枪声说，"真是这样的。瞧，枪响得多么厉害！唉，他们会打死黑耳朵的！一定会打死的！"

老头儿连帽子也不戴就跑到河边去。叶列姆卡在他前面飞奔着。

"噢，他们会把它打死的！"老头儿又重复了一句，他一边走一边喘气，"又在开枪射击了。"

在山上一切都看得清清楚楚。在兔子栖居的林间草丛旁边，猎人们隔开一定的距离站着，一些围猎的人把野禽从林子里往猎人面前赶。

大哨子尖锐地响着，响成了一片可怕的喧嚷声和喊叫声，一些惊慌失措的兔子从树林里出来了。

猎枪的射击声响了，鲍加契连声音都变了，他喊

道："老乡们，等一等，你们要打死我的兔子了！噢，老乡们！！"

他离开猎人们很远，他们什么也听不见，但是鲍加契继续叫喊着，并挥着手。当他跑到时，追猎已经结束了。打死了十来只兔子。

"老乡们，你们干什么呀？"鲍加契跑到猎人面前说道。

"怎么呢？你没有看见我们在打兔子吗？"

"可是林子里有我自己的一只兔子呢……"

"是什么样的呢？"

"是这样的……独一无二。左前脚是受伤的……黑耳朵……"

猎人们对着这个噙着眼泪请求他们不要射击的疯老头儿笑起来。

"我们可完全不需要你那只兔子，"有人对他开玩笑说，"我们只开枪打自己的。"

"唉，先生，先生！不行……这样可不行……"

鲍加契把所有死去的兔子都查看了一遍，里面没有黑耳朵。所有的兔子的脚都是没有毛病的。

猎人们笑了他一阵，继续沿着树林的空地前进，进行第二次追猎。

从村里招来追赶野禽的小伙子们，也嘲笑鲍加契，雇佣的猎人铁伦纪(一个认识鲍加契的农夫)也嘲笑他。

"我们的鲍加契的脑筋有些糊涂了。"铁伦纪还开玩笑说，"这样的话，每个人都要到林子里来寻找自己的兔子了！"

鲍加契打兔子的季节到了，可是他老是拖延着。黑耳朵会不会忽然落进了陷阱呢？每天傍晚他都到那兔子常去寻食的打谷场去，他觉得每一只跑过去的兔子都仿佛是黑耳朵。

"叶列姆卡不是凭嗅觉就能认出它来吗，这就是狗的本领！"他打定了主意，"应该试一试。"

说做就做。有一次天气很不好，鲍加契就带着叶列姆卡去打猎了。狗好像不大情愿下山似的，它好几次回头望向主人。

"快去，快去，有什么好懒的！"鲍加契吆喝着。

他绕着打谷场追赶兔子。一下子蹿出了十来只兔子。

"唔，叶列姆卡要走运了。"老头儿想。

可是狗的吠声使他惊讶起来。这是叶列姆卡坐在山底下的老地方叫的。起初老头儿以为狗疯了，后来才知道是怎么一回事：叶列姆卡无法分辨这些兔子。每只兔子在它看来好像都是黑耳朵。

起初老头儿对这只愚笨的狗很生气，但后来说："叶列姆卡，虽然你是一只愚蠢的狗，可是你做得对。我们不能够再杀害兔子了。算啦。"

鲍加契到果园主人那里辞掉了自己的工作。

"我不能再干下去了。"他果断地说。

老麻雀

1

"主人在打什么主意？"公鸡第一个看到了，骄傲地挺起了缎子般的胸膛。

"我知道是什么主意！"老麻雀从白桦树上吱吱地叫着，"喂，那么你猜猜看，聪明的家伙！……不，还是不猜的好，反正你是猜不着的。"

公鸡假装听不懂这些挖苦的话。它为了显出自己看不起这个无礼的吹牛家，大声地拍着翅膀，伸长了脖子，把嘴张得大大的，清脆地叫出了它唯一的啼

声：喔……喔……喔！

"嘿，愚蠢的大嗓门……"老麻雀颤抖着自己矮小的身躯，笑着说，"马上就能看出你是什么也不懂的。吱——吱！"

城外一座小房子的主人，正在忙着不平常的事情。首先，他从房子里拿出了一只有铁盖子的小箱子。然后从杂物间里拿出一根长竹竿，用钉子把拿出来的小箱子钉在竹竿上。有一个五六岁大的男孩仔细地看着他的每一个动作。

"谢辽柴，马上就有一件好东西了！"父亲钉着最后一颗钉子时说，"真正的白头翁……"

"白头翁在哪儿呢，爸爸？"孩子问道。

"白头翁自己会飞来的……"

"哈哈，白头翁棚！"公鸡听见了

他们的谈话后大喊了一声，"我老早就知道啦！"

"嘿，傻瓜，傻瓜！"老麻雀讥笑它说，"这是给我造的房子……是的，喂，老太婆，快来看，给我们造了多好的房子啊！"

雌麻雀比丈夫要谨慎些，所以不大相信这种话，并且主人自己也在说白头翁，可见得是白头翁棚了。不过，它不愿意争论，因为争论没有用，难道有人会争吵得过老麻雀吗？那老麻雀会翻来覆去地说个不停，雌麻雀根本就不想吵架。当春天的太阳照耀得那么可爱的时候，为什么又要吵架呢？春天的溪水到处流着，白桦树上的苞蕾已经完全膨胀起来并发红了：眼看就要爆开来了，每个苞蕾里长出一张绿色的小叶子，小叶子是那么柔软，亮晶晶的，香喷喷的，并且好像涂上了一层漆似的。谢天谢地，冬天过去了，现在大家要欢天喜地了。当然，老麻雀是老捣蛋鬼，常常欺侮它的老太婆；可是在这样晴朗的春天，家庭里的不愉快也会忘记得干干净净的。

"你为什么不吭气，我的老太婆？"老麻雀缠住它问，"我们在屋檐下面住够了，又暗又透风，总之很不舒服。老实说，我很早就想搬家了，可是好像总是没有时间。好的是主人家自己猜到了这一点……你瞧，鸡有鸡棚，马有马房，狗有狗窝，就只有我一个到处流浪。主人也感到问心有愧了，因此才给我准备了这幢小房子……老太婆呀，我们要过好日子啦！"

整个院子的牲口都被主人的工作吸引住了，马从马房里探出头来观望，毛茸茸的狼狗从狗窝里爬出来，甚至整天躺着晒太阳的老猫华西加也露面了。大家都注视着事情的发展。

"喂，老骗子！"老麻雀看见了它的主要敌人（老猫华西加），喊道，"你这个寄生虫为什么到这里来了？老兄啊，现在你搞不到我了……是的！你去捕捉你的耗子吧，再看看以后我怎么在小房子里生活吧。我不是一辈子老是在冰天雪地里用一只脚跳跃，而你也不会一直舒舒服服地躺在火炉上面的呀……"

"是啊，大概是这样……"不喜欢老猫华西加的公鸡也表示同意，"就算老麻雀是吹牛大王、捣蛋鬼、小偷，可是它毕竟没有偷走过小鸡雏呀。"

主人做完了他的工作，就把钉着白头翁棚的竿子举起来，把它钉在篱垣旁最坚固的柱子上。

白头翁棚做得很好：木板安得很结实，顶上是铁盖，旁边扎着干的桦树枝，可以很舒服地在树枝上休息。一个可以穿过它飞进棚里去的小圆窗洞旁，也钉了一块木头板子，在那上面也可以休息休息。

"老太婆，快些，准备！"老麻雀喊道，"要知道有些脸皮厚的家伙，会马上抢夺人家的房子的……白头翁就是这样的，它就要飞来啦。"

"如果把我们从那里给赶走呢？"雌麻雀点了一句，"我们毁掉自己的老窝，而别人占据了那个棚子，我们就会落得一场空……并且主人还说过是给白头翁住的。"

"嘿，笨东西，这是他说着玩的。"

主人正从远处欣赏着自己的工作成果，还没有离开白头翁棚时，老麻雀已经飞到铁皮屋顶上了。它快活地吱吱叫了一声，钻进了小窗洞，尾巴一晃，就不见了。

"哈哈，这里可真不坏！"老麻雀在樱草屑里打滚，出神地想道，"我的老太婆会暖和了，孩子们也一

102

样会暖和了……从哪一面也不会有风吹进来，雨也不会打进来，主要的是主人他是造给我的。真不坏……冬天在这里也不会冻死了。"

老麻雀登上了白头翁棚最高的顶上，快活地抖开了全身的羽毛，向四方环视了一下，喊道："这是我呀，弟兄们！请到我们新宅来玩玩吧！"

"嘿，强盗！"主人从下面骂它，"倒给你钻进去了，伙计，你等着瞧吧，白头翁一来，它们会给你厉害的……"

小谢辽柴因为白头翁棚被一只最普通的麻雀住了进去，非常伤心。

"你每天早晨来看看，"父亲教他，"在这几天里我们的白头翁可能就要飞来的。"

"你尽管开玩笑吧，主人！"老麻雀在上面叫喊，"骗不了我的……我们自己会给白头翁颜色看的。"

2

老麻雀在白头翁棚里，像普通家禽一样布置好了它的窝。

它从旧窝里把羽毛和一切能够搬走的东西都搬了来。

"现在让侄子们去住旧窝好了。"老麻雀用它特有的慷慨做出了决定，"我是时刻准备着把我最后的一切……都送给亲戚的……让它们住在那里吧，这样它们会常想起我这老头儿心肠好的。"

"也算是大方一下了！"其他麻雀笑着说，"把自己的地方送给了侄儿们……我们倒要瞧瞧，当它从白头翁棚里被赶出来时，它住到哪儿去？"

这些话当然是出于嫉妒才说的，所以老麻雀只是冷笑：让它们去说好了。噢，这是一只有经验的、饱经世故的老麻雀。现在它坐在温暖的新窝里，很满意地想起了它一生中各种失意的事。有一次它钻进烟囱里取暖，几乎被烧死了。有一次它几乎被淹死，后来又几乎被冻死，又有一次落在老骗子华西加毛茸茸的爪子下，几乎送掉性命——唉，它遭受的不幸和苦难还算少吗！

"是休息的时候了。"它登上了它的新房子的房顶，大声地说，"我是一只有贡献的麻雀……让那些年轻的麻雀学习学习应该怎样在这世界上生活吧。"

不管老麻雀吹的牛多么可笑，大家都对它习以为常了，甚至开始相信白头翁棚真是为老麻雀造的。现在大家只等待着白头翁飞来的那个决定性的日子，那时候，钻到人家窝里去的这个老头儿该怎么办呢？

"白头翁是什么？"老麻雀出神地考虑着，"那是一种愚蠢的鸟，它不知道为什么要从一个地方飞到另一个地方。公鸡也不聪明，可是它却坐在家里，人家拿它来炖汤喝……我的意思是说，愚蠢的公鸡至少可以炖汤，但是白头翁却丝毫没有用处；飞来以后，像疯子似的转来转去，叫啊叫……呸！看了就不舒服。"

"白头翁会唱歌……"非常讨厌听老麻雀这些唠叨的狼狗提醒了一句，"可是你只会偷东西。"

"唱歌？那叫唱歌？"老麻雀惊讶地说，"哈哈！不，对不起，自己称赞自己是不好的，不过我应该说，如果真的唱起来，那么就该算我……是的！我经常唱歌，从早到晚地唱，我唱了一生……你们听：吱吱吱！好听吧，不错吧？大家都喜欢听我唱歌……"

"你算了吧，老八怪！"

白头翁棚是非常好的住所。主要的好处是在上面什么都看得见。只要给母鸡拿鸡食来，老麻雀就比大家更早地赶了过去，它自己吃了个饱，还给雌麻雀带些谷粒回去。当狼狗从它的狗窝里走出去时，它甚至还从狼狗那里偷了不少东西。它在母鸡脚跟前钻来钻去，钻到马的秣槽里去，甚至还不止一次地钻到房间里去。总之，老麻雀的贪吃和厚脸皮是没有止境的。不但如此，它还要到人家的院子里去，从那儿抢走些吃的东西。它到处乱钻，到处都有它的份儿，可是它不愿意认识任何人。

三月到了。天气温暖，天空晴朗。各处的白雪都发黑了，沉落了，浸满了水，变得那么松软，好像被蛆虫啃食了似的。白桦上的树枝变红了，因为充满了树液而膨胀起来。

春天很快就来了。有的时候吹拂着温暖的微风，连老麻雀的心也暂时麻木了，这样的时光真是太好了。

小谢辽柴早上一睡醒，马上爬上窗去看白头翁飞来了没有。可是日子一天天地过去了，白头翁还是没有来。

"爸爸，白头翁棚里老是住着那只麻雀。"谢辽柴向父亲抱怨道。

"等着吧，它就会走的。白嘴鸦昨天飞来了。可见我们的白头翁很快就会飞来的。"

的确，隔壁地主的花园里撒满了黑色的斑点，像一张活的网一样：这些是春天里的第一批客人，它们是从遥远的、温暖的南方飞来的。它们发出了那么大的吵声，隔几条街都听得见——简直成市集了。它们呱呱地叫着，飞着，来看旧巢，无休无止地叫喊着。

"喂，老太婆，现在要沉得住气！"晚上老麻雀对它的雌麻雀低声说，"明天早晨，白头翁会飞来的……我要给它们点厉害看看，那时你瞧吧。我本来没有冒犯人家，人家可也别来冒犯我，河水不犯井水！"

老麻雀一整夜没有睡觉，老是张望着。可是没有发生什么特别的事情。

黎明前，一小群燕雀飞来了。是一些温顺的鸟儿：它们在白桦树上休息了一阵，坐了一会儿，又向前飞走了。它们急急忙忙地飞进森林里去。在它们的后面出现了一些鹡鸰，这是些更温顺的鸟儿。它们在路上走着，摆动着尾巴，也不冒犯任何人。它们是森林里的鸟，老麻雀很高兴看见它们。它也看见了一些去年的老熟人。

"什么，老兄，飞得很远吗？"

"呀，很远呀！……这儿冬天很冷吗？"

"啊，冷极了！"

"好，再见吧，好麻雀！我们没有空。"

早晨是那么寒冷，可是白头翁棚却那么暖和，雌麻雀睡得甜甜的。

老麻雀刚要打盹，眼睛还没来得及闭上，忽然第一群白头翁飞来了。它们飞得很快，天空里发出啸声来。它们围着白头翁棚喧闹，叫得连老麻雀听见了也害怕起来。

"喂，你，快飞出来！"白头翁把头伸进小窗来喊道，"喂，喂，快些滚出去！"

"你是谁？我是这里的主人……快滚远些，你要晓得我是不爱开玩笑的……"

"你还要唠叨吗？不要脸的东西！"

以后发生的事，说起来有点可怕：侦察员白头翁飞进了鸟棚，用它像锥子一般长长的喙咬住了雌麻雀的脖子，把它推出了窗子。

"老天爷，救命呀！"老麻雀躲到角落里没命地喊起来，同时拼命地抵抗着，"抢东西了……救命呀，哎哟，老天爷，杀人了……"

不管它怎么挣扎，不管它怎么斗争，不管它怎样叫喊，到后来还是被推出了白头翁棚。

3

那是一个可怕的早晨。起初老麻雀甚至不能想象到底发生了什么事……不，不管怎样也是可恼的！但这一点还是可以谅解的：钻进人家的白头翁棚，哼，被赶了出来——就是这么一回事。假如老麻雀长的不是小嘴，而是白头翁那样像锥子一样的嘴，那么它就能把它们都赶走了。主要是太难为情了……是的，你吹了一阵，喊了一通，讲了许多大话，这才丢脸，哎呀，多丢脸呀！

"你吓到白头翁了吗？"公鸡从院子里向它叫喊，"我即使被人家煮汤吃，可是我有自己的窝，但你只能用一只脚跳……该死的吹牛家……你活该……"

"你高兴什么？"老麻雀骂道，"你等一下，我告诉你，是我自己放弃白头翁棚的，那里给我住太大了，缝子里又透风。"

可怜的雌麻雀那么悲惨和丧气地坐在屋顶上，这使老麻雀更加生气了。老麻雀飞到它身旁，使劲地啄了一下它的头。

"你坐着干吗？这样只会丢我的脸。我们把旧窝要回来，事情不就完了。跟白头翁它们我还要算账的……"

可是住在旧窝里的侄儿们无论如何不肯把窝交还给它们。发出了叫喊声、喧哗声，结果老叔叔被它们轰了出来。

它们比白头翁更坏：抓着脖子赶自己的亲戚！我难道没有为它们费过心吗？瞧，还能为什么人做好事吗？……

无缘无故地打了雌麻雀，旧窝又失掉了，自己带着家眷留在屋顶上，如果这时飞来一只老鹰，就会被撕得稀碎。

　　老麻雀悲伤起来，坐在屋顶尖休息，沉重地叹气。唉，规规矩矩的鸟是不容易生活在世界上的！

　　"我们现在怎样过活呢？"雌麻雀悲哀地反复说，"大家都有自己的窝……我很快就要生孩子了，但是我们却只能在屋顶上待着。"

　　"不忙，老太婆，我会安顿好的。"

　　可是更大的耻辱还在后面呢。小谢辽柴跑到院子里来，因为白头翁的到来而快活地拍着小手，他百看不厌地望着它们。

　　父亲也欣赏着说："你瞧，它们多美丽，仿佛是缎子做的一般。唱得多好听！这是快乐的鸟儿……"

　　"之前住在白头翁棚里的那只麻雀到哪里去了呢？爸爸，它坐在屋顶上，羽毛竖着，多么可笑！"

　　"它的羽毛总是乱蓬蓬的。怎么，老兄，你不高兴吗？"父亲转过头来对麻雀说，又快乐地笑起来，"嗯，这是一个教训：不要钻到不应该钻的地方去。白头翁棚不是为你造的呀。"

就连母鹅它们现在也嘲笑起不幸的老麻雀来了。瞧，这老麻雀倒霉了……它甚至悲哀地哭了，后来清醒过来，恢复了勇气。

"你们笑些什么呢？"它骄傲地问大家，"唔，笑什么？我犯了错误，这不假，但总比你们聪明些，因为我是自由的鸟。是的……我要去哪儿生活就去哪儿生活，向人们叩头我是不干的。如果主人不给你们东西吃，不给你们东西喝，看你们上哪里安身。你，狼狗就会饿死；还有你，愚蠢的公鸡，也是一样；还有马，还有牛。可是我自己养活自己，是的……这就是我……现在我来改正我的错误，只要给我期限……我有时会在院子里、在你们旁边，收集些谷粒，这也是我自己挣来的。谁捕捉蚊虫的？谁挖掘蛆虫的，谁寻找毛虫和各种瓢虫的？那都是我呀，我……"

"我们知道你是怎样寻找蛆虫的，"公鸡对白头翁眨眨眼，"看到在菜园里掘畦、种豆子的时候，麻雀们都飞来了。你们把什么东西都翻过来，把豌豆和扁豆都吃掉。麻雀，你是靠偷盗生活的，你承认吧！"

"靠偷盗？我？"老麻雀愤怒了，"我是人类的第一个朋友……我们总是在一起，就像好朋友该做的那样：他们在哪里，我也在哪里。是的，我是个正直无私的朋友。难道你的主人曾经投给过我一把燕麦吗？我也不需要……当然，令人气愤的是，飞来些轻佻的家伙时，大家就对它们表现出各种尊敬的样子，这简直是不公平的事情……你们甚至连这个也不懂，因为你们中间有的一辈子被架在辕上，有的给链子锁着，有的住在鸡笼里……我是自由的鸟，我是按照我自己的心愿住在这里的。"

老麻雀对于它的朋友——人——的奸诈非常气愤，说了许多话。后来老麻雀忽然不见了……不见了一天，两天，第三天还是没出现。

一个星期过去了。有一天早晨，老麻雀又出现在屋顶上——那么快乐和满意。

"是我呀，弟兄们，"它做出骄傲的神情喳喳地说，"你们都好吗？"

"哟，你还好吗，小老头儿？"

"谢天谢地……现在住到新房子里去了。很好的

114

房子……那是主人替我盖的房子。”

"你又在吹牛吧？"

"哈哈，你们要不要我把房子指给你们看？不，你在胡闹，现在你不听我的了……再见吧！"

老麻雀没有说谎，它真的有了安身的地方。在菜园的田畦里有一个旧的稻草人。在杆子上摇晃着什么破衣服，头上戴着一顶旧的大帽子，老麻雀就在里面给自己做了个窝。在这里谁也不会碰到它了，因为谁也料不到，而且见了可怕的稻草人也有些害怕。

可是这种办法的结果却非常悲惨。

雌麻雀在帽子里生了一窝小麻雀，这时刮起了一阵旋风，把帽子连同麻雀窝都给刮走了。老麻雀正好自己有事飞出去了，当它回家时，只找到了一些死去的小麻雀和悲伤得要命的雌麻雀。不过雌麻雀也没有比它的小麻雀多活多少时候。它不再吃东西，很快就瘦了下来，整天愁眉不展，一动不动地坐在树枝上。它就这样忧郁而死……老麻雀是多么想念它呀，哭泣得多么悲哀呀……

深秋到了。所有的候鸟已经动身到温暖的南方去了。老麻雀独自搬进了空洞洞的白头翁棚。它感到十分难受，几乎不再吱吱喳喳叫了。下初雪时，小谢辽柴带着小雪橇到院子里来，他在白得耀眼的雪地上看到的是老麻雀的小身体。可怜的老麻雀被冻死了。

"它好可怜呀，"公鸡深思地嘟哝着说，"好像缺少了什么似的……以前老是吱吱喳喳地叫，到处转来转去，什么都要管管。现在，院子里没有老麻雀简直变得沉闷了。"

不关我事

1

田鼠不喜欢人家叫它老头儿，它安慰自己说：还有比自己更老的田鼠呢。

它住在一座大菜园里，它把菜园当作自己的，因为在这菜园里住着它的父母和孩子。

当田畦里的菜蔬：黄瓜、马铃薯、甜菜、芜菁、豌豆、胡萝卜，还有白萝卜不见了的时候，菜园的主人怎么也搞不清楚是怎么回事儿，并且十分生气。

"贪吃的畜生，"主人大叫着，"糟蹋的比吃掉的还要多。"

田鼠破坏了菜蔬的根，菜没有成熟就死掉了，主人特别生气。田鼠听见了他生气的叫骂声，坐在自己的洞里，暗笑着这个愚蠢的主人，笑他老是不明白这样简单的一桩事情：那就是田鼠也是要吃东西的。

"是的，我常常想吃东西，并且我还要养活我的家庭，"田鼠为自己辩护，"不同的地方就在于主人是在地上工作的，我是在地下工作的。"

其次，啃着才从地里长出来的最嫩的菜芽是多么愉快的事，主人也不懂。冬天储藏的东西吃厌了，这时候忽然整个菜园都长出了幼芽。尝尝最初的、最嫩的皮也是好的。

总之，田鼠的日子过得不赖，它的家庭一天天地在扩大。主人更加生气了，最后决定消灭园子里所有的田鼠。他开始设置愚蠢的陷阱，把开水灌进洞里，撒上各种不相干的东西，等等，这当然是很可笑的。

"不行，你先找着一只比较笨的田鼠，等它能落到你的陷阱里时再说吧。"老田鼠坐在洞里嘲笑着。

2

主人的院子里住着马、牛、羊、猪、山羊、鹅、鸭、吐绶鸡和母鸡。它们都不满意自己的生活，它们跑到田鼠这里来控诉自己的主人。

母鸡特别惹人讨厌，像疯子一样跑来，开始大喊大叫："呀，呀，咯咯咯！我生鸡蛋干什么！才生了蛋来，女厨师玛拉尼亚跑来就偷走了。真是大强盗！她拿了我的蛋，主人就吃了它们，这多么可怕呀，可怕，可怕……"

田鼠耐心听完了它说的话，最后说："不关我事……"

它心里想："简直是蠢母鸡，不值得跟它谈话。"

别的动物也来了。小牛的抱怨特别感动人。它来了以后，伸伸脖子，可怜相地呼着："少……少……"

"你少什么？"田鼠问。

"少牛奶……女厨师把所有的牛奶都抢去了。抢走了，都喝掉了，只给我剩下一些，还加上了热水。我知道牛奶的样子，我不要水。"

"嘿，你呀，可怜的家伙！"田鼠可怜起它来，"不过，这不关我事……"

跟小牛也犯不着多谈，因为反正它什么也不懂。

小绵羊也跑来诉苦了，说它的主人每年春天剪它的羊毛。

"唔，那有什么关系，这样你夏天会轻松些。"田鼠安慰它。

"轻松……给你剪掉些毛看看，你就知道什么是轻松了。"

"好吧，好吧……给我走开吧！不关我事……"

鹅抱怨无耻的主人每年秋天抓它们的小鹅，宰了，吃掉了。

"我亲眼看见马夫安德莱宰杀我的小鹅，"懂事的老鹅抱怨说，"难道这是公平的吗？世界上没有比鹅更好的飞禽了。你看公鸡和公鸭吧，难道它们会关心它们的孩子？它们连想都不想，但是我呢，我一步都不

离开我的家庭。"

　　当然，鹅是很严肃的禽类，可是狡猾的田鼠同样回答它："不关我事……"

　　终于有一次，当秋天菜园的蔬菜都收割了以后，大家一起到田鼠那里去。

　　"你来评评我们和我们的主人。"它们异口同声地说，"主人欺侮我们……欺侮了我们全体。你一个人住得好好的，不关心任何人。你自己有房子，各种吃的东西都搬到洞里来……"

　　吐绶鸡站出来，张开了全身的羽毛，嘟哝着说："最气人的是他骂我们：'嘿，你这大脚掌的鹅！'"

　　鹅生气地说："这也不算什么，主人还说：'你笨得像吐绶鸡！'这话更受不了。"

　　"呸！呸！……坏蛋，坏蛋，呸！"吐绶鸡大嚷

着，"我不愿意跟你说话。总而言之，是一只鹅，没有别的可说。"

"这不关我事。"田鼠沉着地回复一切诉苦的话。

一头猪跑来了。它绝望地向四面八方奔走，问："有没有看见我的那些小猪？春天的时候整整有十二头……是的，有什么能比小猪更美丽呢？粉红的皮肤，小嘴巴也是红的，弯弯的小尾巴是玫瑰红的。忽然……哟，我话也说不出来了。它们长大了，到了秋天，变得那么一本正经的，嗯，完全像一头真正的大猪了……但是忽然……今天数一数……哎哟！有两头

不见了。"

"那你去问你的主人，他把你的小猪藏到哪里去了。"鹅对它说，"这件事跟我的小鹅一样。"

"不关我事。"田鼠固执地反复说，虽然谁也没有问它。

大家都生气了。山羊不吭气地站着，望着地面，它听完了大家的话，才说："你们干吗去听田鼠的话？这是有名的老骗子，它活着就是为了要偷盗我们主人的东西。"

"那么，照你说，我是贼了？"田鼠生气了，"我过得比你们大家好，这并不是我的错。我靠自己的劳动生活，你们都是寄生虫。主人很有道理……是的，有道理！"

大家都十分生气，向它扑过去，但它灵活地溜进了洞里，并在洞里又大喊了一次："不关我事！"

"揍它！"公鸡边向洞里冲去边喊，"弟兄们，大家都来揍它。"

冬天过去了，春天来了。田鼠们又侵犯了整个菜园，搞坏了许多蔬菜。主人差点儿被气死。

不错，春天来了。

有一天早晨，主人带了一位戴绿色大帽子的老头子，走进他的菜园里，说："亲爱的，田鼠把我搞得够苦了！简直活不了了，请你帮个忙。"

狡猾的老头儿在菜园里走了一圈，查看了田鼠的洞，然后说："用不着赶，它们自己会走的。"

田鼠在它的洞里屏息听着这场谈话，只是笑了一笑。

"多么愚蠢的人类！他们以为他们是两个人，因此就会变得聪明些……"

整个菜园统统翻掘过了，每年春天都这样做。当他们翻起田畦时，主人把一种发亮的东西投进土里。

田鼠躲在它的洞里等待着。

一天天过去了，没有发生什么特别的事情。

"两个笨人对一只聪明的田鼠是不能够做出什么事来的。"它这样断定。

一天天又过去了。播种已经完毕。田鼠已经啃过了几枝幼芽，它又一次胜利了。

总而言之，一切都过得很好。可是……田鼠的

老婆已经是老太婆了，它的牙齿已经钝了，所以它很喜欢吃幼嫩多汁的树根。有一次，它在地下挖到底下的树根，忽然，她喊叫起来了："哎呀，爹呀！哎呀，爹呀！……"

田鼠听见声音，立刻奔过去，拖住了老太婆的后腿，拖进洞里，问它发生了什么事。

"哎哟，有什么人用刀子差点儿把我的腿给切断了。"田鼠的老婆一面哭诉着，一面指着割坏了的脚给田鼠看，伤口在流血。

"怎么会用刀子？谁会拿着刀子钻到地皮底下来？你老糊涂了，老太婆……"

老田鼠几乎要对老婆发脾气了，却又听见了喊叫的声音，是它疼爱的小儿子在呼喊。

"哎哟，哎哟，谁把我的尾巴给切掉了，整个尾巴给切掉了！"

"哼，这有多愚蠢！"老田鼠生气了。

它向出事的地方奔过去，但它的鼻子马上撞到了什么尖的东西，它缩转身回头就跑，从洞里跳了出去。

"哎哟，哎哟呀！"老田鼠用脚擦着受伤的鼻子叫喊着。

它跑进院子里喊："我们的主人简直是个土匪！简直太不客气了！他把破玻璃撒在田畦里。我反正要到别的地方去了，让他称心如意地生活吧……"

大家都不吭气，只有山羊摇着头说："快点走吧！"

狗的故事

1

看门人刚打开篱笆门，包斯多依柯立刻敏捷地溜出门，走到街上。这件事是早晨发生的。包斯多依柯必须跟邻家的猎狗打一架，这正是在猎狗被放出来玩的时候。

"呀，你怎么又在这里了，糊涂蛋？"猎狗露出了又白又长的牙齿，尾巴伸得像一根棍子似的，它咆哮着说，"我把你……"

包斯多依柯把它毛茸茸的尾巴举得更高了，卷成一个圈，蓬松着毛向敌人勇敢地走过去。它们每天总是在这个时候碰见的，每次总会激烈地打一场。猎狗不能平心静气地看见这条蓬松的看家狗，而包斯多依柯也急着要把它雪白的牙齿咬进那公子哥儿保养得很光亮的皮肤里。猎狗的名字叫阿尔古斯，甚至有一次它还上了狗展览会，跟其他同样保养得很好的狗混在一起。两个敌手彼此慢慢地走近，毛倒竖着，张牙舞爪，一心只想扭拢来。忽然空中呼啸起一道绳子划破空气的声音。绳子像蛇一样缠住了阿尔古斯。它痛得哀号起来，一下子坐了下去，甚至闭上了眼睛。包斯多依柯没命地沿着街飞跑，想避开跟在它后面拿着绳子的人们。它想溜进哪一家的大门，可是每扇门都关着。前面跑出了几个看门人，挡住了包斯多依柯的路。绳子声又呼啸起来，包斯多依柯的脖子就落在套绳里了。

"呀，逮住了！"一个瘦长体形的人说，同时把这不幸的狗拖进了一辆大的捉狗车里。

开始时，包斯多依柯拼命抵抗，但那可恶的绳子可怕地扼住了它的脖子，弄得它眼睛都模糊了，它甚至记不起来它是怎样被推进狗车里的。那里已经有近十只各种各样的狗：两只哈巴狗、一只蓬毛狗、一只长毛猎狗、一只纽芬兰狗和几只又瘦又可怜的无主野狗，它们都安稳地蜷缩在角落里。阿尔古斯也在里面，它恐惧地躲在最远的角落里。

"你们应该对我们客气些，"垂耳哈巴狗避开野狗尖声地说，"我的将军太太知道了，一定会把你们……"

这只讨厌的小狗装腔作势，包斯多依柯很想揍它几下，可是现在没空做这件事了。这些被捉住的狗都很慌，所以暂时忘记了自己的打算。纽芬兰狗的样子最安静，它对什么都不在意，躺在正中，大模大样的，仿佛是一个什么大人物。

"纽芬兰狗先生，你看怎样？"垂耳哈巴狗摆动着毛茸茸的白尾巴，问它，"这里这样脏，我真不习惯……还有，跟这样的家伙在一起……呸！当然，我是被人家捉错的，他们很快会放我走。不过到底有些不愉快，这里的气味真难闻……"

纽芬兰狗半睁着一只眼，轻蔑地望了望垂耳哈巴狗，不屑地打起盹儿来。

"你完全对，太太，"另一只哈巴狗愉快地露出牙齿，代替它回答，"发生了明显的误会……我们都是因为误会才沦落到这一步的。"

"我认为他们要把我们送到展览会去，"阿尔古斯在角落里搭讪着，它现在不那么害怕了，"我去过展览会一次，那儿还不赖，主要是吃得很好……"

一只无主的野狗苦笑起来。哪里谈得上去展览会那么好呢：它已经进过一次狗车，碰巧脱了身。

"我们大家都会被运到狗棚里去，在那儿把我们吊死。"它把这不幸的消息告诉给所有的狗伙伴，"我甚至还看见过这事是怎么做的。那个长长的棚子，里面挂着绸子……"

"呀，闭嘴，我难受……"垂耳哈巴狗尖声说，并且睁开了眼睛，"我倒要看看谁敢走近我！"

可怜的包斯多依柯听到了致命的话后，浑身发起抖来。它已经感到好像有什么东西压住它脖子似的。为什么要被吊死呢？难道是因为它想跟阿尔古斯打架吗？包斯多依柯和阿尔古斯现在都尽力不互相交换眼色，仿佛从来没有遇见过似的。一方面是感到难为情，另一方面也因为没有空继续回想从前的仇恨。

"最好还是让他们把阿尔古斯吊死吧，"包斯多依柯想，"只要能够把我放走……"

当然，这样想是不好的，不过在恶劣的环境下，每条狗都只为自己本身想得最多。狗车向前驶去，那铁格子的门只在接受新的牺牲者时才打开。今天捉野狗行动特别成功，那个指挥全部工作的瘦子认为今天的工作已经够了。

"回家去吧。"他对车夫说。

有什么话说呢？"回家"的旅途是多么愉快！所有的狗都感到心情糟透了，一只哈巴狗甚至哭了起来，对不起，这是怎么一回事呢！狗车老是慢慢地、沉重地走着，好像要走到世界的尽头似的。里面的狗有很多，当狗车在洼地里走的时候，它们不由自主地互相碰撞着，这样的洼地越走感觉越多起来。在互相碰撞中，包斯多依柯竟没有留意到自己怎么就到了阿尔古斯的旁边了，甚至还撞了一下它的腰部。

"对不起，您的嘴撞到了我……"阿尔古斯用受过良好教育的狗的那种恶毒而又亲切的态度说。可是当它认出这是它的朋友时，就低声补充说："这难道不是一件难堪的事情吗，包斯多依柯？至少我不想被吊在绳子上晃来晃去……不过，主人一定会来赎我的。"

包斯多依柯垂头丧气地一声不响。它没有主人，它就是这样不依靠主人生活的。它从乡村被带到城里来才一个月。

2

给野狗盖的狗棚是在市梢，那儿已经没有像样的道路，也没有路灯，小小的木房子完全陷在地里，就像腐烂的牙齿一样。狗棚是由两间旧板棚组成的：一间用来关狗，另一间用来把狗吊死。当捕狗车驶进院子时，从第一间板棚里可以听见一阵可怜的吠叫声，叫得包斯多依柯心都碎了。显然它要完蛋了……

"今天狗车满了。"看守狗棚的瘦子衔着短短的烟斗，走出来得意地说。

"按种类把它们分一分……"看守平静地望了望狗车，下命令说。

"看守先生！"垂耳哈巴狗尖声地喊，"请您把我放走，我已经在您这可恶的狗车里坐得不耐烦了。"

看守甚至看也不看它。

"看这个傻子！"垂耳哈巴狗咆哮着说。

当关着狗的板棚门打开时，里面发出了一阵吠叫和哀号，叫得连铁石心肠的人听了也会心软下来。那

136

瘦子抓住了狗脖子，一只接一只把狗从狗车里拖出来，送到板棚里去。因为新的狗来了，号叫声暂时静了一下。最后被拖出来的是纽芬兰狗，它被安置在特别的所在。被禁闭的狗是多么高兴地迎接新狗呀，就像遇见了贵宾一样。它们嗅着新来的狗，舐着，抚爱着，像亲人一般。包斯多依柯落进了无主的街头野狗一组里，它们对它很同情。

"你是怎么搞的……嗯？"毛茸茸的看家狗巴尔波斯问。

"就是这么回事……我不过是想跟一个花花公子打一回架，我们两个就给逮住了。那时我沿着街逃走，但看门人挡住了去路。总之，倒霉……唯一使我感到安慰的就是那个花花公子也给逮住了。它跟猎狗关在一起……腿那么长、尾巴像棍子一样的家伙。"

"脖子上戴狗圈的吗？"

"戴的……这些花花公子总是戴着狗圈出风头。"

"嗯，那么主人会赎它的。"

几分钟内，包斯多依柯搞懂了这所狗棚里的一切规矩。捉来的狗都在栅栏里关上五天。如果没有主人来赎，就要被带到另一个板棚里去吊死。包斯多依柯非常伤心：活的日子可能只剩下五天了……这太可怕啦……一切都只是因为跑出去跟那个可恶的花花公子打架。不过，人家会把它们吊死在一起的，因为日期是一样的。这是个很坏的安慰，不过总算是安慰呀。

"瞧这只黄毛小狗，只剩下一天好活了。"巴尔波斯告诉它说，"但这一个，花毛的，今天就……"

"你呢？"

"嗯，我的日子还长呢：整整三天。我每时每刻都在等待人家来找我。我在这里坐得太厌倦了。顺便问问你，你想不想吃东西？瞧那边槽里有麦粥……东西十分糟，但不管怎么坏，总得吃点……"

悲伤的包斯多依柯甚至不能想到食物。眼看着自己就要被吊死了，还有心情顾到吃东西吗？它恐惧地望着就要轮到的小花狗。那可怜的家伙听到脚步声和开门声就发抖，眯缝着眼睛，希望那人可能是来找它的。

"可是你总得吃一点。"巴尔波斯劝包斯多依柯，"在这里坐着太无聊了……瞧那些花花公子、猎狗，因为伤心而三天不吃东西，但我们呢，我们是普通的看家狗，我们顾不了什么礼貌。饥饿不是闹着玩的……你是从乡村来的吗？"

包斯多依柯讲出了自己的历史。它是在离这个可恨的城市很远的一个乡村长大的，那里既没有看门人，也没有大的石房子，没有狗棚，没有狗车，一切都那么简单：村庄外面是河，河那边是田野，田野那边是树林。今年夏天老爷们都到乡村别墅来避暑。它认识他们真倒霉。说得更正确些，是他们先认识它的。他们那里有一个乱头发的男孩子，叫鲍里亚，他看见这只乡村狗就笑起来。这狗多么滑稽：毛一片片地突起来，尾巴像钩子一样，毛的颜色脏得就好像刚刚从泥坑里钻出来一样。而且名字也那么滑稽，叫包斯多依柯！"喂，包斯多依柯，到这儿来！"起初，包斯多依柯对于城里的男孩子很不信任，后来受到了牛骨头的引诱。正是这肉骨头害了它……它开始到别墅的老爷那里去等待赏赐了。鲍里亚喜欢跟它玩耍，于是他们整天都到树林里去，到田野里去，到河里去。哟，那时候是多么好，时间多么快就飞过去了呀！包斯多依柯就是这样跟他们混熟了，甚至大胆地走进房间里去，在地毯上打滚。总而言之，就像在自己的家里一样。主要是老爷们的食物太好了：它吃得那么饱，连呼吸都感到困难。可是秋天来了，老爷们都收拾行装进城了。小鲍里亚不管人家怎样劝他别把包斯多依柯带走，可是他一定要带。包斯多依柯就这样走进了城市。到了那里，鲍里亚很快就把它忘记了。包斯多依柯住在院子里，勉强地一天挨一天地过日子。只有一个女厨子安特莱芙娜还记得它，她喂养它，也抚摸它。因为他们是一个村子里来的。不过包斯多依柯很快就习惯了城市的生活，而且喜欢对城市里文雅的狗显示出自己乡村的大无畏精神。

"有什么关系，在城里也可以生活。"巴尔波斯同意地说，"我只有一样不明白：为什么对这些哈巴狗那么看重？我一看到它们这个样子，有时甚至感到羞耻……嗯，它们有什么用处？但那些猎狗，或者纽芬兰狗，就另当别论了。就说它们自高自大吧，但它们到底是真正的狗。可是那只什么哈巴狗呢！呸！这里对它们也很看得起：它们连吊死也不按照规定的次序，而是要多等待一个星期，看有没有人来领它们。也真的有那种傻瓜来领它们回去……这简直太不公平了！我只要跑出这里，就要给哈巴狗知道个厉害。

巴尔波斯还没有发泄完它的愤怒，看守人陪着一个女仆出现了。

"您的狗是今天丢的吗？"看守人问。

"是呀……那么小小的、白白的……它的名字叫宝贝。"女仆说着。

"我在这儿！"垂耳哈巴狗可怜地尖声叫着。

"嗯，感谢上帝，"女仆高兴极了，"如果我找不到狗，将军太太说要撵我滚蛋的。"

她付了钱，抱了垂耳哈巴狗就走。

"你瞧，"巴尔波斯生气地说，"总是这样，真正的狗不值钱，但那废物却要花钱，还养得又白又胖的。"

3

在被监禁的狗看来，日子真是长得可怕……即使夜里也得不到安宁。狗在梦里说昏话，叫吠着。白天天才发亮，光线从板棚的缝里透进来，成为金黄色的光束和晃动着的灿烂光斑，白天的扰攘跟着开始了。小狗们比其他狗醒得早，它们开始不安地倾听着外面最低微的声音。猎狗们也跟着起来了。最后才听到纽芬兰狗喑哑的吠声，就像什么人用沉重的锤子敲着空桶发出来的声音一样，并伴着一阵虚惊。

"来了，来了……"

叫吠声和哀号声加剧了，变成了粗野的音乐会，但当发觉谁也没有到来的时候，一下子一切声音都停止了。

这时候听见了脚步声……大家都竖起了耳朵留神地听。狗的灵敏嗅觉竭力想识别熟悉的脚步声。当大门被打开，光线射进来的时候，大家立刻静下来。在木栅栏边看得见许多狗头，它们用渴望的眼光寻找着主人。看守人拿着不离手的烟斗走来了，他后面走着用套索捕捉狗的那个瘦子，吊死狗的也是他。在他们后头，是来找自己狗的人。谁的主人来了！要把哪只狗放走呢？……纽芬兰狗一看见它的主人，几乎把木栅栏都弄断了。这老家伙跳得多厉害呀！它的吠声把整个狗棚都给震动了……

"嗯，老弟，不满意吗？"主人开玩笑地说，"对，对，以后该放聪明些……"

家狗尖叫着爬向木栅栏，互相挤来挤去。有些狗用两条后腿站着，可是来的人只领了自己的狗就走了。看守人在各处走了一圈，冷冰冰地说："把轮到的吊死吧……"

那瘦子好像准备把世界上所有的狗都吊死才满意似的，他怀着这样的心情来选择牺牲品。从关着包斯多依柯的那地方，带走了那只花毛狗，它已经等得精疲力尽了，因此十分平静地跟着刽子手走了：与其这么可怕地等待生死不定，还不如死掉好。后来他又带走了黄毛狗和一只老猎狗。

这么过了长长的、没有尽头的三天。轮到了巴尔波斯了，它显然已经安静下来了。

"如果今天没有人来找我的话……"早晨它说，"不，这是不可能的！为什么要吊死我呢？难道我是为了信仰和真理而死的吗？"

"会来的，"包斯多依柯安慰它，"不会把好狗抛弃不管的……"

大门开了，在来人中没有发现自己的主人。这时候，巴尔波斯的样子看了真叫人可怜。"我一共只有几个钟头好活了！"善良的狗眼神绝望地说，"总共只有几个钟头了……时间过得多么快呀！总共只有几个钟头了……"

"就是他！"有一次巴尔波斯蓦地跑到栅栏边去，叫喊着。

但这是个残酷的错误：那人不是来找它的。绝望了的巴尔波斯躲到角落里去，悲哀地号叫着，是这样的一种悲哀只有被关在这围墙里的狗才能够体会到。

"带它去。"看守人指着巴尔波斯说。

巴尔波斯被带走了，包斯多依柯感到一股冷气在它的皮肤里奔流：再过两天，它也会这样被带走的。它可不像那些猎狗或是讨厌的哈巴狗有真正的主人。是的，一共只剩下两天、短促的两天了……这段时间长得可怕，又短得可怕。夜里，它睡不着觉。它梦见乡村、田野、树林……呀，它当时怎么会落到这个这么快就忘记它的蓬头发鲍里亚的眼里呢？

包斯多依柯非常瘦了，它阴郁地躲在角落里。唉，听天由命吧，命运的安排是逃不掉的。对……

第四天过去了。

第五天到来了。包斯多依柯躺在干草上，门打开的时候，它甚至连头也没抬起来；它犯了好多次错误了，所以现在已经无力再犯一次错误了。是的，它听见了熟悉的脚步声，熟悉的声音，但这一切原来都是错误的。还有什么更可怕的事吗？包斯多依柯绝望了，它等待着自己的命运。呀，但愿快些……但在这绝望的时刻，它忽然听见："我们的狗不在你们这里吗？"

"它是什么种？"

"什么种也不是，老爹……我们乡下的狗。"

"嗯，说出它的毛色来吧。"

"没有什么特别的毛色……是这样的，尾巴像钩子，身上毛乱蓬蓬的。您只要指给我看，我就认得出来……"

"它叫包斯多依柯。"一个小孩子的声音补充着说。

包斯多依柯起初还不相信自己的耳朵……这种声

音它好像已经听过好多次了……

"瞧！它在那里，我们的包斯多依柯！"安特莱芙娜指着它说，"喂，小东西，你瘦得多么厉害！可怜的家伙……"

包斯多依柯被释放了，它像疯了似的绕着安特莱芙娜和鲍里亚打转。

"如果你们今天没来，你们的包斯多依柯就要完蛋了。"看守人说，"我们这儿关着多少狗啊……别的狗也怪可怜的，但必须杀死它们。"

安特莱芙娜和鲍里亚绕遍了各处，长时间地抚弄着要求自由的尖叫着的狗。善良的安特莱芙娜甚至淌下眼泪；如果她是个有钱人，她一定把所有的狗都赎出来。这时，包斯多依柯找到了阿尔古斯。

"再见了，老兄。"它晃动着尾巴说，"也许，找你的人也会来的……"

"不，人家把我忘了……"阿尔古斯垂头丧气地回答，同时用它聪明的眼睛送着这个幸运的朋友。

包斯多依柯带着怎样的一种狂欢冲向自由呀，它跳得多凶，叫得多得意；而板棚里却发出了那么悲哀

的号叫声、呻吟声和绝望的吠声。

　　"如果我们跟你不是同乡的话，那么你就会给吊死了！"安特莱芙娜向在她身旁跳跃的包斯多依柯教训着说，"你当心些，鬼东西。"

小　熊

"先生，你想要一头小熊吗？"我的马夫安德莱对我说。

"在哪儿？"

"就在隔壁邻居那里。是认识他们的猎人送的。一头多么可爱的小熊，生下来才三个星期，一句话，是一个很有趣的小东西。"

"既然是那么可爱的小熊，邻居为什么又要送掉呢？"

"谁知道他们。我看到过这头小熊，还没有手套大。打起滚来，多么滑稽。"

我住在乌拉尔的县城里。我住的房子很大。为什么不弄头小熊玩玩呢？的确，那小东西很有趣。让它住一下吧，怎样处理它，等以后再说。

这么说就这么做了。安德莱上邻居那儿去了，半小时后，带回来了一头很小的小熊。的确，它还没有安德莱的手套大，不同的，这是只"活手套"，还那么有趣地用四只脚走路，更有意思的是有一对讨人喜欢的蓝色小眼睛。

街上的一大群小朋友跟在小熊后面来了，他只好把大门关起来。小熊来到房间里以后，一点也不慌张，相反地，它感到十分自由，就像到了自己的家里一样，它安静地观望一切东西，绕着墙走来走去，什么东西都要嗅一嗅，用它的小黑掌摆弄一下，好像觉得一切都很好似的。

我的一些中学生给它带来了牛奶、小圆面包和面包干。小熊好像应得似的接受了一切

东西，接着用后腿蹲在角落里，准备吃了。它做一切动作都带着一种非常滑稽的庄重感。

"小熊，你喜欢牛奶吗？"

"小熊，拿面包干去。"

"小熊……"

在这乱哄哄的时候，我的一条火红色的长毛老猎狗走进了房间。那狗立刻嗅出了这里有一个陌生的动物，它伸长了身体，毛都竖起来，我们还没来得及回头看的时候，它已经向小客人做出站着凝视的姿势。这就看到了这样一幅情景：小熊躲在角落里，坐在后腿上，用凶狠的眼睛瞅着慢慢向它走近的猎狗。

这是一只有经验的老狗，它不是一下子就扑过去的，而是用它的大眼睛长久地惊讶地望着这个不速之客，因为它认为这些房间是属于它的，但是这里却忽然闯进了一头陌生的野兽，坐在角落里，好像毫不在乎地望着它。

我看见那只长毛狗激动得颤抖起来，准备把这头小熊捉住。要是它扑到这熊娃娃的身上，可怎么办呢！可是这会儿却又发生了谁也想不到的另一件事。

狗望了望我，好像是征求我的同意，然后用慢慢的计算好的步子向前移动。离小熊只剩下半尺了，可是它不敢跨出最后一步，只是使劲地伸长了身体，用力吸着空气；它想按照狗的习惯先嗅清楚这个不熟悉的敌人。

正在这千钧一发之际，那个小客人突然伸出右脚掌，直向狗脸上打了一下。这一下大概很用力，因为狗跳开了，并且尖叫起来。

"小熊真棒呀！"中学生们称赞着说，"它那么小，可是什么都不怕……"

狗感到惶惑了，偷偷地逃到厨房里去了。

小熊十分镇静地吃完了牛奶和圆面包，然后爬到我的膝盖上，缩作一团，像小猫一般开始呜呜地叫起来。

"呀，它多么好玩呀！"中学生们异口同声地说，"把它留在我们这里……它那么小，不会干出什么坏事来的。"

"好吧，让它留在这里好了。"我一面欣赏着渐渐安静的小动物，一面表示同意。

怎么能不欣赏呢！它是那么可爱地呜呜叫着，那么信赖地用它的黑色小舌头舐着我的手，舐到后来，像婴儿一般在我手里睡着了。

小熊住在我家里，整天都让观众们——不论是大人还是小孩——都很快活。它那么有趣地翻筋斗，一切东西都想看一看，到处都想去爬爬。对于门，它特别感兴趣。它向底下挖着，伸进脚去开门。要是门打不开，它就滑稽地生起气来，叫着，并且用它尖得像白色丁香花似的牙齿啃木头。

这个小笨蛋的那种非常的活力和气力，让我很惊奇。在这一天内，的的确确，它把整个房间都走遍了，好像没有一样东西它没有瞧过、嗅过和舐过。

到了晚上，我把小熊放在我的房间里。它在地毯上蜷成一团，很快就睡着了。

它安静下来了，我就熄灯准备睡觉了。不到一刻钟我就睡着了，可是在我做梦做得最有趣的时候，忽然被吵醒了——小熊走到通向饭厅的门边，固执地想把门打开。我拉开了它，把它放在原来的地方。但还没过半个钟头，同样的事情又重演了。我只好起来，

第二次把固执的小动物放好。但过了半个钟头，又是老一套出现了……

后来我厌倦了，并且又很想睡觉。我开了书房的门，把小熊放进饭厅里。所有通向外面的门和窗都是关好的，因此用不着担心。

可是这一次我还是没有睡成。小熊爬进了碗柜里，把碟子弄得叮当叮当地响。我只好起来，把它从碗柜里拖出来，这时小熊冒起火来了，它吼叫着，转动着脑袋，想办法咬我的手。我抓住了它的脖子，把它带进客厅里。这样的吵闹使我厌烦起来。明天我还要早起，好在我很快就又睡着了，忘记了那个小客人。

大约过了一个钟头光景，客厅里一阵可怕的响声使我跳了起来。起先，我还想象不出出了什么乱子，后来，一切都明白了：小熊跟前厅里睡在老地方的狗打起来了。

"好一头猛兽！"马夫安德莱把作战的双方分开来，惊讶地说。

"现在我们把它放在哪里好呢？"我一面想一面高声地说，"它整夜不让人睡觉。"

"送到中学生他们那里去。"安德莱提议道,"他们很喜欢它,让它睡到他们那里去好了。"

小熊被放在中学生们的房间里,他们非常喜欢这个小房客。

当整幢房子静下来的时候,已经是深夜两点钟了。

我很高兴摆脱了这个不安静的客人,能够好好地睡觉了。可是不到一个钟头,中学生房里传出一阵可怕的声音,大家都跑出来了。那里发生了意想不到的事情……当我跑进那间房里,擦亮了火柴,一切都明白了。

房子中间有一个写字台,上面罩着漆布。小熊顺着桌子腿够到了漆布,用牙齿咬住它,用脚抵住了桌子腿,就开始用力去拖。拖呀,拖呀,直到整个漆布连同它上面的一切——灯、两瓶墨水、一个盛水的玻璃瓶和其他一切东西——都给它拖下来。结果是灯被打破了,玻璃瓶也被打破了,墨水流了一地,可是闯祸的家伙却逃到最远的角落里。在那里,它闪动着像雨点、像火星似的小眼睛。

大家想把它抓起来,但是它拼命抵抗,甚至还咬

了一位中学生。

"这个强盗，我们把它怎么办呢？"我说，"这都是你安德莱不好。"

"先生，我干了什么坏事呢？"马夫分辩着，"我不过谈到了小熊，是你自己要的。并且中学生们还十分称赞它哩！"

总之，小熊整夜不让人睡觉。

第二天，它带来了新的麻烦，事情发生在夏天，门都是不关上的，它偷偷地溜到了院子里，它把那里的一头母牛给吓坏了。最后，小熊捉到了一只小鸡，把它踩死了。它引起了大家的不安。痛惜小鸡的女厨子特别生气，她向马夫扑

过去，两人几乎打起架来。

第二天夜里，为了避免麻烦再次出现，这位不安静的客人被锁在储藏室里了。那里除了一箱面粉外，什么也没有。早晨，女厨子发现小熊在箱子里，这时她有多愤怒啊。原来小熊打开了沉重的箱子盖，十分安静地直接睡在了面粉上。女厨子吓得哭了起来，她要求算账走人。

"这可恶的畜生简直不让人过日子了，"她说，"现在没法走近母牛，小鸡必须锁起来……把面粉丢掉……不，对不起，先生，给我算账吧。"

我得承认，我很后悔要了这头小熊，所以当我找到一个熟人把它带走时，我心里很高兴。

"多么可爱的动物啊！"他称赞说，"小孩们一定会很高兴的。对于他们，这是真正的节日。真的，多么可爱

呀！"

"是的，多么可爱呀！"我同意地说。

我们终于摆脱了这可爱的动物，整个房子又恢复了原来的秩序，我们大家都松了一口气。

可是我们的幸福持续得并不长久，因为我的朋友第二天就把小熊还给了我。这个宝贝在新的地方比在我家捣乱得更凶。它钻进了驾着小马的马车里，狂叫起来。那马当然拼命地奔跑起来，把马车撞破了。我们想把小熊还给原主，可是那边断然拒绝了。

"我们把它怎么办呢？"我对马夫说，"只要能摆脱它，我甚至愿意付些钱。"

总算我们走运，终于找到了一个猎人，他很高兴地把它带走了。

关于小熊以后的命运，我只知道它过了大约两个月就死掉了。

后 记

马明－西比利亚克，是俄罗斯卓越的作家，列宁讲到马明－西比利亚克时，称他是一个辉煌的、天才的、热诚的作家。

他给儿童创作的作品，在他的全部创作里占了特殊的地位，这本集子收录了他给孩子们写的关于自然与动物的短篇小说和故事，另外一些作品收录在《睡吧，睡吧，睡吧》中。

马明－西比利亚克1852年生于乌拉尔，他一生中有一半时间是在乌拉尔度过的，他非常熟悉西伯利亚，非常热爱自己的故乡。他研究了这些地方的历史，走遍了全区，在各条河上航行，因此他的作品大都是描写乌拉尔的。他认真地观察自然界，了解各种动物的生活习性和性格，用细致的文笔写出大自然的真相。

　　故事里的小天鹅、灰脖鸭、好心的猎人、猎狗和小野兔、老麻雀以及小熊等，作者有趣地、生动地、充满着童话气氛地叙述它们的生活动态，现实的描摹加上细致丰富的想象，令人印象深刻。这些作品告诉我们什么是善良和正义，显示出自然界无比丰富的宝藏。